KB050606

7 완결

초판 1쇄 인쇄일 2016년 11월 22일 | **초판 1쇄 발행일** 2016년 11월 24일

지은이 발칸레이븐 | **펴낸이** 곽동현 | **담당편집 팀장** 이범수
편집부 신연제 이윤아 홍현주 김유진 임지혜

펴낸곳 (주)조은세상 | 출판등록 제 2002-23호
주소 경기도 연천군 미산면 청정로 1355
TEL 편집부 02)587-2966 | FAX 02)587-2922
e-mail bukdu@comics21c.co.kr

발칸레이븐 현대 판타지 장편소설

완결

전설이 7 돌아왔다

CONTENTS

NEO MODERN FANTASY STORY

전설이
돌아왔다

CONTENTS

NEO MODERN FANTASY STORY

Part 150 : 진실을 말하다

어둠 속에서.

남자가 말했다.

"미스트라가 지상에 나타났다."

다른 이가 말을 받는다.

"왜 이제야? 그녀의 꿍꿍이가 대체 무어란 말인가?"

그는 의구심이 가득한 목소리로 답한다. 하지만 이내 미
스트라를 성토하는 이야기들이 여기저기서 불거졌다.

"그녀는 처단되어야 한다."

"그렇다. 수단과 방법을 가리지 않고, 그녀는 영원히 사
라져야 한다."

"배신자는 사라져야 한다."

바로 그 때,

엄중한 목소리가 그들의 잡담을 막는다.

"그만."

좌중이 조용해졌다.

진중하지만 그 누구보다 힘 있는 목소리가 말을 이었다.

"그 문제는 걱정 말라. 미스트라는 곧 처리될 것이다."

이미 이루어진 것처럼 말한다. 하지만 그 누구도 그의 말에 토를 달지 못했다.

"다만 문제가 있다."

제일 먼저 미스트라를 언급한 자가 말했다.

"그것이 뭐지?"

잠깐의 침묵이 흐르고, 그의 입이 열렸다.

"그녀 곁에는 초즌이 있었다."

그것은 큰 소란을 불러일으키는 것이었다.

"부끄러움을 모르는 년!"

"그녀가 노리는 것이 무엇인지 뻔하군."

"하지만 헛된 일이다. 영리한 여자인줄 알았건만, 마지막에 자충수를 둘 줄이야."

서로의 이야기가 오가고, 예의 그 진중한 목소리의 남자가 말했다.

"초즌은 우리가 만든 길을 온전히 걸어야 한다. 어쩌면 미스트라가 변수를 만들지도 모른다. 원래라면 절대 금해야 할 일이지만. 오늘부로 인간계에 간섭을 허용한다."

"그 말을 기다리고 있었다."

"나를 보내달라. 깔끔하게 미스트라를 처단하겠다."

많은 이들이 자청하고 나섰다. 하지만 진중한 목소리의 남자는 못 박듯이 말했다.

"이번 일을 맡기에 적당한 이가 있다. 포 호스맨이여, 나와라."

그의 말이 끝나자,

차례대로 4명의 기수가 모습을 드러냈다. 그들은 각자 성스러워보이는 신수를 타고 있었는데,

유려한 몸체를 따라 등 뒤로 하얀 갈기가 길게 늘어져 있다. 마치 뭉크처럼.

"너희들은 지상으로 내려가라. 그리고 미스트라를 처단하라. 혹여라도 초즌이 방해를 한다면, 그의 영을 소멸시켜라. 어차피 그를 대체할 영혼은 많으니까."

4명의 기수가 말 없이 고개를 끄덕인다. 그들은 지체없이 지상으로 내려갔다.

＋

　강혁준은 차근차근 일을 진행시켰다. 주작 클랜에 의해서 인류는 그 힘을 집결시키고 있었다.

　'이번에는 성공한다.'

　그는 뼈 아픈 그 날을 기억한다. 죽음을 맞이하면서 얼마나 간절히 바랬던가? 다시 한 번 기회가 주어지기를….

　놀랍게도 강혁준은 회귀 할 수 있었다.

　'두 번이나 실패할 수 없지.'

　강력한 힘을 가졌지만, 그는 절대 방심하지 않았다. 매순간 최선을 다했으며, 그 열매를 보기 직전이었다.

　"하… 지금 남은 죽도록 고생하는데, 당신은 여전히 태평하군요."

　주작 클랜을 이끄는 김주아는 입을 삐죽 내밀며 말한다. 곧 있을 악마와의 전투 준비를 위해 그녀는 연일 이어지는 격무에 치여 있었다.

　인류 연합을 선두에서 이끄는 이는 놀랍게도 20대도 채 되지 않은 여고생인 것이다.

　"물론 다 네 덕분이지. 정말 고맙게 생각해."

　강혁준은 다가가서 김주아의 머리를 어루만져 주었다. 주아는 얼굴을 붉히면서 고개를 돌린다.

"자꾸 그렇게 책임을 회피하지 말라니까요."

"이런, 들켜버렸군."

강혁준은 부드러운 미소를 지으며 말했다.

김주아는 한숨을 쉬었다.

'말은 그렇게 했지만, 이렇게 인류가 통합할 수 있었던 건 모두 당신 덕분이죠.'

김주아는 쉽게 말해서 얼굴 마담에 불과했다. 실상은 강혁준이 모든 것을 조종했다. 그는 어둠 속에서 권력자들을 협박했다.

그가 마음먹고 숨어들면, 그 누구도 암살의 위험에 벗어날 수 없었다. 그런 후에는 클랜 마스터를 만나서 부드럽게 (?) 항복을 권했다.

'살려만 주시오. 그 말대로 하겠소.'

대부분은 그런 말을 했다. 간혹 자존심이 강한 자도 있었다. 죽어도 굴복할 수 없다고 소리치는 자들은 있기 마련이다.

'소원이 그렇다면.'

강혁준은 가볍게 그의 목을 꺾어버린다. 그리고 2인자에게 가서 똑같은 제안을 했다. 누구에게나 목숨을 소중한 법.

적대적인 클랜도 결국 주작 클랜 아래에 모여들게 되었다.

"많은 수의 각성자들이 모였어요. 악마들도 집결하고 있구요. 이제 곧 유래없는 전쟁이 일어나겠지요?"

그녀의 목소리에는 긴장감이 서려 있다. 불안한 마음을 억누르고 있지만, 그녀는 아직 어렸다. 이제 곧 있으면 인간의 운명을 건 전쟁이 시작 될 것이다.

"모두 잘 될거다. 내가 그렇게 만들 테니까."

강혁준은 대수롭지 않게 말했다. 언뜻 보면 무책임하게 보일지도 모른다. 하지만 그는 불가능해보였던 일을 연속으로 성공시켰다. 그녀는 강혁준을 믿기로 했다.

"알았어요. 그나저나 오늘도 밤새도록 일을 해야겠어요. 도와주지 않을 거라면, 부탁이니 다른 곳에서 쉬세요. 부아만 치미니까요."

그녀는 산적한 서류들을 둘러보며 말했다. 여러 조직의 사람이 하나의 깃발아래 모였다. 분쟁이 안 생길 리가 없다. 그녀가 처리하고 있는 대부분의 일도 그것을 조정하는 것이었다.

"알았어. 너무 완벽하게 하려고 하지말고. 대충대충 해."

그는 남의 일처럼 말했다.

"아니에요. 제가 할 수 있는 이런 것 뿐이니까."

그녀는 누군가처럼 전장에서 싸울 수 없었다. 그럴만한

힘도 없고, 그럴 위치도 아니다. 따지고보면 그냥 안전한 곳에서 경과만 지켜봐도 될 일이지만, 그러고 싶진 않았다.

'아무리 작은 일이라도, 도움이 되고 싶어.'

그렇기에 그녀는 야심한 시각에도 격무에 시달리는 것이다. 강혁준은 그런 그녀에게 한 마디하고 방을 나갔다.

"밤 새면 키 안 큰다."

✦

강혁준은 곧바로 자신의 처소에 들어왔다. 그는 뛰어난 체력을 가졌으며, 일주일간 잠을 자지 않아도 얼마든지 전투에 나설 수 있었다. 하지만 내일은 특별한 날, 강혁준은 간만에 휴식을 취하기로 마음 먹었다.

'악마와 전투가 시작되면 한동안 잠자기는 글렀으니까.'

그는 자신의 처소에 누웠다. 그리고 잠에 들려는데, 기척이 느껴졌다.

"할 말 있으면 들어와."

그의 말이 끝나자마자, 문이 열린다. 강혁준은 곧바로 마력을 태워 빛을 만들었다.

"미안해요. 늦은 시간에 이렇게 찾아와서."

공손하게 인사를 올리는 이는 미모의 여성이었다. 다만 그녀는 인간이 아니었다.

새하얀 날개.

그 어떤 인간도 그런 날개를 가지는 이는 없었다.

"미스트라. 미안하지만 난 유부남이야."

혁준의 농담에 미스트라도 웃었다.

"알고 있어요. 죄송하지만, 혁준님은 그다지 제 취향은 아니에요."

"어쨌든 들어와."

그녀는 다소곳한 자세로 안으로 들어왔다.

"그래. 무슨 일이지?"

"여태까지 제가 숨겨왔던 이야기를 들려주고 싶어서요."

미스트라의 표정은 예전과 같았다. 하지만 강혁준은 왠지 모를 특이점을 느꼈다. 분명 중요한 이야기가 나올 것 같은 직감이랄까.

"좋아. 들어보지."

미스트라는 두 손을 모으고 입을 열었다.

"태초에 신이 존재했지요. 재미있는 점은 신은 완벽하지 않아요. 불로불사의 존재지만, 그들은 인간처럼 불완전했어요."

"재미있는 의견이군."

인간의 역사와 함께, 수 많은 종교가 있었다. 그리고 대부분의 신은 완벽한 존재로 그려져있다.

"이곳과 다른 차원인 신계에는 너무 많은 신이 존재했지요. 처음에는 단순한 트러블이었지요. 하지만 그것은 점점 커다란 다툼으로 이어졌어요."

그녀는 말을 이었다.

"그들은 전쟁을 벌였지요. 선도 악도 없는, 말그대로의 전쟁이였어요. 그리고 전쟁은 승리한 신과 패배한 신으로 신들을 나누었죠."

"……."

"하지만 신은 불사신이지요. 아무리 강력한 피해를 받아도 이내 살아나고 마니까요."

"승리한 신에게는 별로 달갑지 않겠군."

"그렇지요. 하지만 이내 한 가지 방법을 생각했어요. 그 해답이 바로 어비스. 무저갱(無低坑)으로 신을 가두는 것이죠."

강혁준의 생각이 미치는 것이 있었다.

"그럼 내가 상대했던 4대 악신은 그 전쟁에서 패배한 신들을 말하는 건가?"

4대 악신.

토글, 탈리카, 악시온, 타라쓰.

어비스에서 막강한 세력을 일구고 있던 악신을 가리킨
다. 하지만 그들이 원래부터 어비스에 거주했던 것은 아니
다. 그들은 신계에서 어비스로 내쫓긴 것이었다.

"그들은 복수심에 가득 차 있지요. 어떻게든 다시 신계
로 돌아가기를 바라고 있어요. 자신을 어비스에 처박아버
린 아우터 갓에게 복수하기 위해서죠."

아우터 갓.

이른바 승리한 신을 가리킨다.

"악신들이 어비스에서 빠져나오지 못하는 이유가 있
나?"

강혁준의 질문은 지극히 당연한 것이었다.

"물론이지요. 4대 악신을 비롯한 패배자들은 영원히 어
비스에 갇힐 운명이었어요. 왜냐하면 아우터 갓은 악신을
가두기 위해서 유능한 간수를 준비해두었거든요. 그들이
있는 한 악신은 어비스에서 나올 수가 없어요."

간수.

보살피고 지킨다는 뜻으로 쉽게 말해서 교도관을 가리킨
다.

"설마?"

강혁준의 머릿속에서 한 가지 가설이 스쳐지나갔다.

"악신을 지키는 간수라는 것이 인간이란 말인가?"

16 전설이
돌아왔다 7

"역시 눈치가 빠르시군요. 인간이 만들어진 이유가 바로 그것이랍니다. 그들은 대를 이어가며, 악신을 감시하지요."

"……."

너무나도 엄청난 사실 때문일까? 강혁준은 그것을 믿기 어려웠다.

"미스트라, 나는 믿을 수 없어. 그건 너무 허무맹랑한 소리야. 게다가 인간이 그리 유능한 간수라면, 이렇게 악마들에게 일방적으로 당할 리가 없지. 그렇지 않나?"

강혁준의 말대로다. 만약 강혁준의 존재가 없었다면, 인류는 데빌에 의해서 완벽히 멸종 당하고 말았을 터였다. 믿고 맡길만한 간수는 절대 아니라는 생각이 들었다.

"후훗. 판데모니엄을 기억하세요? 그 때, 무슨 일이 있었죠?"

"전자기의 종말? 그것 때문이란 말인가?"

"맞아요. 각각의 악마가 아무리 강력한 개체라 할지라도, 인간의 과학력 앞에는 무의미하지요. 인간은 스스로를 멸종시킬만큼 많은 핵 폭탄을 가지고 있어요. 그런 인간에 비해 데빌은 나약한 존재들이지요."

판데모니엄.

그것은 인류가 가진 무기를 모조리 무력화시켜버렸다.

결국 인간은 맨몸으로 악마를 상대해야 했다.

"당신이 어비스를 평정할 동안, 왜 4대 악신이 당하고
만 있었을까요? 막강한 악신이 직접 영향력을 행사한다
면, 제 아무리 혁준님이라 할지라도 무사하지 못했을 텐데
요."

"인간의 힘을 억제하기 위해서 판데모니엄에 힘을 쏟아
부었기 때문이지."

어비스의 주민은 패배한 신들이 만든 피조물이었다. 그
들은 악신의 의지에 따라서 인간과 싸우도록 내몰렸던 것
이다.

막강한 인간과 균형을 맞추기 위해서 악신은 자신의 권
능을 모두 판데모니엄에 쏟아부어야 했다.

"그렇다는 말은 인간과 데빌의 전쟁이… 신의 대리전이
었단 말인가?"

강혁준의 말에 미스트라는 미소를 지으며 끄덕였다.

Part 151 : 포 호스맨

진실은 가혹하다.

강혁준은 미스트라의 말을 듣고 한동안 생각에 잠겼다.

"믿을 수 없어. 네가 꾸민 말에 불과해!"

그는 자조적으로 말했다. 자신이 추구해왔던 일들이 사실은 모두 꾸민 것이라니.

"그렇게 여기셔도 좋아요. 판단은 당신이 내리는 것이니까요."

미스트라는 조용히 미소를 지었다. 강혁준은 그것을 보면서 꺼림칙한 기분을 느꼈다.

"왜지? 왜 이제야 그런 이야기를 하는 거야?"

"제 말을 증명할 기회가 없었으니까요. 오늘이 아니면 안 되었거든요."

말 뜻을 알아먹기 힘들다. 혁준이 그녀를 다그치려 할 찰나, 어떤 기척을 느꼈다. 여태껏 한번도 느껴보지 못한 이질감이다.

'뭐? 뭐지? 이건?'

침입자의 얼굴조차 보지 못했다. 하지만 속이 메스껍고 기운이 빠진다. 알 수 없는 불쾌감까지 더해진다.

"손님이 왔군요. 나가 볼까요?"

미스트라는 먼저 발코니쪽으로 나갔다. 그리고 고개를 들어서 손님을 맞이했다.

"포 호스맨이군요. 그들이 등장했다는 것은 아무래도 저를 잡기 위해서 최선의 수를 쓴 것 같네요."

"포 호스맨?"

혁준은 그 말을 되뇌던 와중에, 새로운 4인의 기수가 등장했다.

"미스트라!"

"더러운 배신자."

"죽음으로 그 죄를 값아라."

동시에 터져나오는 목소리.

그것은 우레와 같았고 혁준은 그저 듣는 것만으로 힘이
쭉 빠졌다.

포 호스맨.

그들의 생김새는 놀랍게도 인간과 유사했다. 단 한가지
다른 점이 있다면, 미스트라처럼 등에 날개가 달려 있다는
것이다.

"당신을 기다리느라 오래 걸렸어요. 알렌샤."

미스트라는 포 호스맨 기수중 리더 알렌샤를 가리키며
말했다.

승리의 기수 알렌샤.

포 호스맨의 리더이면서, 막강한 힘을 가진 여인이었다.

"혁준씨. 오늘에서야 저의 정체에 대해서 알려줄 수 있
겠군요."

씁쓸한 미소를 짓는 미스트라.

그녀는 이윽고 입을 열었다.

"저는 타락한 천사 미스트라. 아우터 갓을 배반한 천사
랍니다. 그리고 포 호스맨은 그런 저를 벌하기 위해서 내려
온 전사들이구요."

모든 사실을 까발리는 미스트라.

무엇보다 그것에 분개하는 자는 알렌샤와 그녀의 기수들
이었다.

"함부로 그 입을 나불거리지 마라."

포 호스맨 중 하나가 소리쳤다. 우람한 몸집이 특징인 그는 전쟁의 기수, 타카람이었다. 붉은 옷을 입고, 한손검을 착용하고 있다.

그는 곧바로 미스트라를 향해서 자신의 신수를 돌격시켰다. 재빠른 속도로 내려가는 기수.

그러나….

타카람을 앞을 막는 이가 있었다. 그는 바로 강혁준이었다.

"비켜라!"

타카람은 어이가 없는 목소리로 말했다. 하지만 차마 검을 휘두르지는 않았다.

"그럴 수는 없지."

강혁준은 지금의 상황이 혼란스러웠다. 하지만 한 가지 확실한 것은 4인의 기수가 자신의 부하인 미스트라를 공격하고 있다는 점이다.

"네가 아무리 초즌이라 할지라도, 우리의 행사를 방해하는 것은 용납할 수 없다."

"개소리 하고 있네."

혁준은 일축했다. 그리고는 자신의 검을 소환했다.

프르가라흐.

전설적인 검으로 악마에게 강력한 힘을 발휘한다. 그는 곧바로 그것을 들고 타카람을 후려쳤다. 강력한 힘이 더해진 그것은 단번에 그를 쪼갤 기세였다.

"윽…."

억눌린 신음이 흘러나왔다. 그런데 그것은 타카람의 것이 아니었다. 놀랍게도 강혁준의 입에서 새어나온 신음이었다.

부들부들…

프르가라흐의 검끝은 흔들리고 있었다. 검은 정확히 타카람의 머리 앞에서 멈추었다. 그저 힘을 주고 가르기만 하면 제 아무리 신의 사자인 타카람이라 할지라도 죽음을 피할 수 없다.

허나 어떻게 된 영문이지, 검은 한치도 움직일 수가 없었다. 마치 커다란 무형의 막이라도 가로막는 것 같았다.

'개소리. 아무것도 없어. 그저 내 육체가 움직이기를 거부하고 있다.'

육신이 의지를 반하고 있었다. 뛰어난 능력을 가진 강혁준이었지만, 상대를 건드릴 수조차 없다면 그것은 무의미한 강함이다.

강혁준은 검을 거두었다. 이번에는 체술을 사용했다. 강하게 쓰러내리는 마하킥이었다. 하지만 이번에도 적중하기 전에, 허공에서 다시 멈추고 말았다.

"으윽…."

강혁준은 그저 힘 없는 허수아비에 불과했다. 타카람은 혁준을 손가락으로 밀었다.

"초즌은 우리를 해칠 수 없지. 그러니 무의미한 일은 그만두길 바란다."

"대체 그 초즌이란 것이 무엇이냐?"

그 대답은 바로 미스트라가 했다.

"초즌은 악신을 막기 위한 비밀 무기죠. 인류에서 가장 강한 사람. 하지만 그 정체는 아우터 갓의 유용한 도구에 지나지 않죠."

초즌.

신에게 선택 받은 자.

하지만 그것은 결코 좋은 의미가 아니었다. 분명 막강한 힘을 가진 존재이지만, 주어진 운명에서 절대로 벗어날 수 없는 장기판 위에 말이나 다름없다.

"그럼 내가 회귀한 것은 신이 의도한 것이란 말인가?"

"아무리 신이라 할지라도, 시간을 역행할 수는 없어요. 당신이 회귀했다고 믿는 것은 사실 조작된 기억에 불과한 거죠."

털썩.

강혁준은 무릎을 꿇었다. 자신이 믿고 있던 세계가 모두 박살이 나는 기분이었다.

냉혹한 진실은 때때로 그 어떤 징벌보다 무겁다. 강혁준은 그것을 뼈저리게 느낄 수 있었다.

"내 의지가 아니었단 말인가?"

인류를 구원하고 그들을 부흥하고자 했다. 어비스에 있던 사랑하는 아내를 두고, 이곳에 왔다. 하지만 그것은 결국 누군가에게 농락당한 결과였다.

"초즌이여. 신의 의지에 따라서 사는 것이다. 그것은 마땅히 자랑해야 할 일이다. 자신을 의심하지 말아라."

포 호스맨의 리더, 알렌샤가 말했다. 그녀를 비롯한 4인의 기수는 미스트라를 둥글게 포위햇다. 혹시 모를 탈출을 막기 위해서였다.

"운명을 받아들여라. 네가 이 땅의 악마를 처단하면, 인간들에게도 평화가 주어지겠지. 너는 인류의 구원자로서, 네게 주어진 삶을 살아라."

알렌샤는 마치 자비를 베푸는 것처럼 말한다. 신의 사도로서 신의 뜻을 따르는 것은 천사들에게 있어선 너무나 당연한 일이었다.

그렇기에 그들은 강혁준도 당연히 그렇게 해야 한다고 생각했다.

"개소리 하지 마라."

강혁준은 피가 거꾸로 솟는 기분이었다.

어비스에 있던 데빌도 하나의 인격체다. 처음에는 그저 이용하기 위해 어비스의 주민과 어울렸지만, 시간이 지날수록 그들도 인간과 다를바 없음을 알게 되었다.

결국 알량한 신들에 의해서 전장에 내몰린 것이다. 인간도, 어비스의 주민들도 마찬가지였다. 그 누구에게도 전쟁의 죄를 물을 수 없는 것이다.

"역시 말이 안 통하는군."

알렌샤는 안타까운 표정을 지었다. 100이면 100 그랬다. 진실을 알아차린 초즌은 언제나 반항했다. 신의 고마움을 모르고 불경하게도 신을 저주하는 것이다.

"누구 좋으라고? 난 내 의지대로 살겠다. 빌어먹을 신의 장난에 놀아나는 것은 거절하겠어."

강혁준은 분연히 일어났다. 분노로 가득 찬 그는 곧바로 포 호스맨을 저지하려고 했다.

하지만…

"으윽…"

온 몸에 사슬이라도 매인 기분이다. 어떻게 하더라도 신의 사도를 공격할 수가 없었다. 시간이 갈수록 더욱 무력해지는 자신을 발견할 뿐이다.

"빌어먹을…."

강혁준은 패배감을 느꼈다.

"그를 제압하라."

알렌샤의 명령이 떨어진다. 그리고 죽음의 기수가 혁준에게 다가왔다. 그는 어떤 영혼이라도 거둘 수 있는 능력을 가지고 있었다.

"아~~ 아아아!"

죽음의 기수는 곧바로 입을 열고 노래를 불렀다. 고운 음색이지만, 그 노래는 강력한 마력을 퍼트리는 매개체다.

"흡…."

강혁준은 답답한 표정으로 무릎을 꿇었다. 몸이 덜덜 떨리고 굵은 땀방울이 쉴새 없이 흐른다. 그 노래에 저항하고 싶지만, 그것은 불가능했다.

"무의미한 저항이다. 받아들여라. 초즌."

알렌샤의 말대로 시간이 갈수록 강혁준은 힘이 쭉 빠졌다. 그것은 힘의 우열이 아니었다. 신의 안배라고 할 수 있는 초즌은 그 자체만으로 막강한 능력자였다.

다만 아무리 강력한 무기라 할지라도 안전장치는 필요했다. 그리고 그 안정 장치가 바로 지금 죽음의 기수가 부르는 노래였다.

일정한 패턴으로 뿜어져 나오는 마력은 강혁준의 몸을 옭아매기 시작했다. 초즌으로 태어난 이상, 아무리 자신을 연마하고 강력한 힘을 얻었다 할지라도 천사를 대적할 순 없는 것이다.

"하아… 하아…."

강혁준은 금세 탈진되었다. 그저 자리에 누워있을 수밖에 없었다.

"어떻게 할까요?"

죽음의 기수 메릴이 묻는다.

"영혼을 거둬라. 이미 그것은 쓸모가 없다."

"알겠습니다."

죽음의 기수가 가진 능력은 인간의 영혼을 수확할 수 있었다. 그 능력의 고하는 상관 없었다. 그저 육체를 접촉하는 것만으로 그 능력은 발휘되었다.

샤아아…

가볍게 접촉하는 것만으로 강혁준의 영혼은 뜨거운 고통을 받아야했다. 이대로 있다면, 강혁준의 영혼은 그대로 사라질 운명에 처했다.

"상관없다. 어차피 대체할 영혼은 많으니까."

아우터 갓의 능력은 강력하다. 그들은 인간을 창조한 자들이다.

그런 이들에게 영혼을 복제하는 것은 너무나도 쉬운 일.

진실을 깨우치기 전의 영혼을 다시 불어넣으면 된다. 본래의 인격은 사라지겠지만, 복제품은 악마를 처단하는 유용한 주구가 될 것이다.

초즌의 역할은 그것만으로 충분했던 것이다. 강혁준은 이대로 영영 죽음의 기수에 의해 사라질 운명에 처한 것이다.

그러나…

예상치 못한 변수가 발생했다.

부우웅!

바닥에 떨어져 있던 프르가르흐가 스스로 일어난 것이다. 그리고 그것은 주변에 있던 천사를 향해 돌진했다.

"헛…"

죽음의 기수는 몸을 뒤로 빼야했다. 그리고 전쟁의 기수 타카람이 프르가르흐를 막아냈다.

파캉!

검과 검이 부딪힌다.

결과는 백중세.

"어떻게?"

타카람은 이해하기 어려웠다. 강혁준은 영혼이 사라지기

직전이었다. 그런 그가 프르가라흐를 제어했다는 것은 믿기 어렵다.

아니 그 이전에, 강혁준은 신의 사도인 천사들에게 검을 들이대는 것이 불가능하다.

"저를 너무 무시하는 것이 아닐까요?"

프르가르흐를 조종한 것은 다름아닌 미스트라였다.

"비겁하다!"

"소용없다. 네 년이 빠져나갈 구멍따위란 없다."

포 호스맨은 화가 나서 소리쳤다. 그들 말대로 미스트라 혼자서 포 호스맨을 모두 상대하는 것은 어불성설이었다.

"저를 너무 쉽게 보시는 군요."

미스트라는 미리 준비한 수를 불러냈다. 바로 자신의 신수, 뭉크를 부른 것이다.

"뭉크!"

새하얀 갈기를 지닌 신수.

천사들과 마찬가지로 아우터 갓에 의해 창조된 존재.

뭉크는 미스트라가 어비스에 쫓기던 날, 그녀를 따라온 충직한 존재였던 것이다.

사실 뭉크는 여태까지 그런 기억조차 잃고 애벌레 형태로 변이되어 있었다. 그리고 강혁준이 어비스로 소환된 날, 미스트라의 안배에 따라 강혁준의 길잡이 역할을 자청했다.

뭉크가 신을 믿지 않는 도시, 애머른으로 혁준을 인도한 것은 처음부터 계획된 일인 셈이다.

"제가 왔나이다. 저의 주인이시여!"

바람과 같이 뭉크가 당도했다.

사실 뭉크가 본래의 기억을 되찾은 지는 얼마 되지 않았다. 하지만 그는 지금 뭘해야 할지를 정확히 파악하고 있었다.

　"나를 도와줘요. 친우여."

　"맡겨 주십시오."

　뭉크는 곧바로 숨을 들이켰다. 곧이어 뜨거운 브레스가 뿜어져 나온다.

　화르륵…

　"이런…."

　기수들은 곧바로 회피 했다. 신수는 대게 나이를 먹을수록 강력해진다. 그렇게 따질 때, 뭉크의 나이는 이 신수들 중에서 가장 많은 축에 속한다.

당연히 그 위력은 무시할 수준이 아니었다.

"크윽."

신수 중 하나가 화상을 입기는 했지만 치명적인 것은 아니다. 뭉크 역시 그들을 밀어내기 위함이었지, 반드시 죽이고자 하는 필사의 마음은 없었다.

파바박…

미스트라가 빠르게 움직인다. 그녀는 곧장 쓰러져 있던 강혁준을 확보했다.

"아차!"

타카람은 그것을 보고 놀랐다. 혹시라도 미스트라가 강혁준을 해할지도 모른다는 생각이 들어서다.

영혼은 얼마든지 바꿀 수 있지만, 그 육신은 재구성할 수가 없었다.

허나 그녀가 하려 했던 일은 정반대였다.

"미안해요. 하지만 모든 사실을 깨우친 당신은 살아주어야 해요."

미스트라는 곧바로 혁준의 영혼을 빨아들이기 시작했다. 비록 혁준의 육체와 정신이 막강하다지만, 영혼 흡수를 막을 수는 없었다.

애초에 인간으로 태어난 이상, 천사 앞에서는 무력한 존재다.

"막아! 저 년이 하는 걸 두고 볼 수 없다."

포 호스맨은 곧바로 미스트라의 행동을 제지하려 했지만, 그때마다 매번 뭉크가 막아선다.

콰콰쾅!

불과 전격이 오가고,

포 호스맨의 신수들 역시 싸움에 동참했다.

"크아아악…"

뭉크가 제 아무리 강하다 할지라도, 그들 모두를 감당하는 것은 불가능했다. 그의 하얀 육신은 금세 피로 붉게 물들기 시작했다. 그러나 그렇게 밀리는 와중에도 뭉크는 가열차게 반격한다.

그 근성만은 그 누구보다 뛰어났다.

스으으으…

강혁준의 영혼은 모두 미스트라에게 빨려들어갔다. 푸른 구슬이 된 강혁준은 매우 취약한 상태가 되었다. 미스트라가 마음만 먹으면 그를 영원한 죽음으로 내몰수도 있다.

다만 미스트라는 그럴 마음이 없었다. 그녀는 혁준의 영혼을 소중한 보물처럼 안았다. 그러자 영혼은 그녀의 육체에 금세 스며들었다.

"후우…."

그녀는 전황을 살펴보았다. 뭉크는 더 이상 버틸 여력이 없어보인다.

미스트라는 성검 프르가르흐를 들었다. 그리고 자신의 갑옷을 소환했다.

파바박!

단단한 황금 갑주가 그녀를 감싼다. 그리고 프르가라흐를 장비하고 하늘을 날아오른다.

그녀의 표적은 전쟁의 기수, 타카람.

"위험해!"

승리의 기수 알렌샤가 외쳤다.

타카람도 급격히 자신을 향해 돌진하는 미스트라를 발견했다.

빠각!

한수 밀리는 처지였지만, 타카람은 겨우 미스트라를 막아냈다.

퍼억!

허나 미스트라는 무투쪽이라기보다 마법사에 가깝다. 그녀의 손으로부터 무시무시한 마력이 방출 되었다.

퍼엉!

타카람은 뒤로 튕겨 날아갔다.

쿨럭!

하얀 피를 토해내는 타카람.

부상을 입은 것이 확실했다. 다만 타카람을 마무리하지 못하도록 나머지 기수가 미스트라를 에워쌌다.

"과연 더러운 방법을 쓰는군. 미스트라!"

"그런가요? 숫자가 많은 쪽은 그대들인데. 왜 제가 더러운 쪽이 되는 건가요?"

"흥! 너랑 말장난 할 생각은 없다."

알렌샤는 자신의 활을 꺼내들었다. 그녀에게 별다른 화살이 있지는 않았다.

"죽어라! 미스트라."

그녀가 시위를 당긴다. 그러자 빛의 화살이 생성되었다. 프르가르흐처럼, 그녀가 가진 활도 전설적인 무구였던 것이다.

파아앗!

순백의 화살은 곧장 미스트라를 향해 날아갔다.

그곳에 있던 천사들은 미스트라가 그것을 피하거나 맞받아칠 것이라 여기었다.

하지만…

퍼억!

미스트라는 피하지 않았다. 화살은 그대로 마갑을 뚫었다. 그것은 말할 것도 없이 그녀에게 있어서 치명상이었다.

"음?"

이해가 가지 않았다. 자살이라도 할 생각인건가?

"설마?"

알렌샤는 불안한 생각이 들었다. 그리고 그것은 어김없이 맞아들었다.

파아아앗!

새하얀 빛과 함께, 어마어마한 에너지가 주변을 휩쓸었다. 마치 폭풍이 휩쓰는 것처럼 포 호스맨이 내팽겨쳐진다.

"으으윽…."

미스트라는 더 이상 인간의 형태가 아니었다. 그녀의 육신은 순백의 에너지 형태로 되어 있었다.

"그런 극단적인 수를 쓰다니!"

천사 역시 육체를 가지고 있었다. 육체는 막강한 에너지를 보호하는 하나의 틀이었다. 그리고 천사가 최강의 힘을 발휘하기 위해서 그 육체를 버리는 방법이 있었다. 하지만 그 수법은 아무나 사용하지 않는다.

천사는 영생을 누릴 수도 있는 존재다. 하지만 그 영생에도 불완전한 부분이 있으니, 그것이 육체로서의 한계다. 육체를 상하게 되면 현세에 더 이상 머무를 수 없는 것이다.

광폭화.

천사들은 그 수법을 그렇게 불렀다. 자신의 모든 것을 태운 다음에 마침내 죽음으로 끝을 맺는 그런 극단적인 수단이었다.

"대체 무엇을 위해서? 인간이 그렇게도 소중하단 말인가?"

알렌샤는 화가 나서 소리쳤다.

아주 오래 전, 미스트라와 알렌샤는 오누이와 같은 사이였다. 허나 미스트라는 신의 장기말에 불과한 인간들에게 동정심을 가지게 되었다.

몇 번이나 찾아가서 그러지 말라고 당부했던 그녀다. 하지만 미스트라는 결국 신을 배반하고 어비스에 숨어들었다.

그 때 느낀 배신감은 이루 말할 수 없다. 그런데 이제는 인간을 위해서 자신의 목숨까지 태우다니.

"알렌샤, 당신은 이해할 수 없겠지요."

이제 미스트라의 소멸은 시간문제다. 하지만 그녀가, 자신의 생명을 태워서 마지막으로 뿜어내는 에너지는 그 무엇보다 막강했다.

콰콰쾅!

미스트라는 자신의 힘을 유감없이 보여주었다. 포 호스맨은 연신 뒤로 밀려날 뿐이다. 그나마 미스트라가 손속에 사정을 두지 않았다면, 이들 중 몇몇은 이미 소멸되었을 것이다.

잠깐의 소강상태.

포 호스맨은 더 이상 미스트라를 억압하지 못했다. 하지만 거리를 벌이고 상황을 지켜보고있다. 광폭화는 시간이 지날수록 힘이 급격히 줄어들기 때문이다.

"뭉크. 상처를 치료하겠어요."

뭉크는 구슬피 울었다. 주인의 생명이 그리 길지 않음을 그도 느낀 것이다.

"너무 슬퍼하지 말아요. 나는 이순간을 늘 기대했으니."

미스트라는 뭉크의 상처를 치료했다.

"자! 이것을 소중히."

그녀는 이윽고 푸른 영혼을 꺼내었다. 그것은 강혁준의 영혼이었다.

"준비된 제단으로 가져가세요. 그를 다시 부활시켜야 합니다."

뭉크는 고개를 끄덕였다. 이미 모든 것은 그녀의 계획대로였다.

"자! 포탈을 열어드리겠습니다. 어서 가세요."

그녀는 얼마 남지 않은 힘을 모두 태우기 시작했다. 어비스로 가는 포탈을 열기 위해서였다.

"아… 안 돼! 이대로 놓칠 수는 없어."

다급해진 것은 포 호스맨이었다. 미스트라는 자신의 목숨을 태워가면서까지 뭔가를 꾸미는 것이 분명하다. 이를 막지 않으면 큰 어려움이 생길 것이 뻔한 상황.

지이이잉…

곧 이어 어비스로 향하는 포탈이 형성되었다. 공간을 연결하는데에는 많은 마력이 필요했다. 미스트라는 자신의 몸을 유지할 마력까지 뽑아 써버렸다.

"내 친우여. 미안하지만 우리의 재회는 여기까지군요. 당신의 주인은 이제부터 강혁준님이에요. 그를 잘 보살펴 주세요."

뭉크는 발이 떨어지질 않았다. 그의 주인이 마지막을 고하고 있었기에.

"어서!"

미스트라는 힘에 부침을 느꼈다. 뭉크는 결국 포탈 안으로 들어갔다. 그녀의 희생을 기억하면서….

파바바밧…

뒤늦게 포 호스맨의 공격이 미스트라를 타격했다.

파지직!

처음의 그 막강했던 힘은 없었다. 거의 모든 힘을 잃어버린 것이다. 이제는 그 의사소통 조차 불가능해진 상태였다.

"바보 같은!"

알렌샤가 소리쳤다.

강혁준의 영혼과 뭉크는 어비스 너머로 사라졌다. 이제 와서 그들을 쫓아간다는 것은 어불성설이었다.

"어떻게 하죠?"

나머지 천사들은 어쩔 줄 몰라하면서 물었다. 그들은 미스트라를 포박하러 온 것이지, 죽이러 온 것은 아니다.

설사 미스트라를 처단하더라도, 모두가 보는 앞에서 재판을 받은 다음에 사형에 처해져야 했다. 이런 최후는 알렌샤도 아우터 갓도 원하지 않을 터였다.

"……."

알렌샤는 이윽고 결정을 내렸다.

"그녀를 편하게 해주어라."

미스트라의 몸은 점점 잘게 흩어지고 있었다. 하지만 그것은 그녀를 더 고통스럽게 할 뿐이다.

푸확!

타카람이 마지막 일격을 가했다. 미스트라는 마치 민들레 씨앗처럼 허공에 확 뿌려졌다. 이윽고 그녀는 완전히 소멸 되었다.

"알렌샤님. 다행이 육체는 훼손되지 않았습니다."

초즌, 즉 강혁준의 모습은 잠을 자고 있는 것처럼 보였다. 게다가 미약하게나마 계속 호흡을 유지하고 있었다.

다만 그대로 둔다면, 혁준은 영영 깨어나지 못할 상태다. 영혼이 없는 육체는 뇌사자의 상태와 다를 것이 없었다.

"준비한 영혼을 불어넣어라. 초즌은 우리의 일을 대신해주어야 할 것이다."

"알겠습니다. 준비한대로 진행하겠습니다."

죽음의 기수는 푸른 영혼을 품에 꺼낸다. 그것은 천사들에 의해 조작된 영혼이었다.

쇄아아아아…

영혼이 강혁준의 육체로 스며들었다.

"무리 없이 이식했습니다."

"그나마 다행이군. 초즌(Chosen)은 정해진대로 악마를 처단해줄 것이다."

신에게 선택받은 자.

허나 그 정체는 악마를 처단하기 만들어진 비밀 병기에 불과하다.

"너희들은 강혁준을 계속 감시해라. 이번과 같은 실수는 한 번이면 족하다."

"네. 알겠습니다."

알렌샤는 곧바로 천계로 올라갔다. 오늘 있었던 일을 보고하기 위해서였다.

나머지 3명의 기수 역시 모습을 감추었다. 강혁준을 감시하기 위해서다.

두어 시간 후….

"으음…."

강혁준의 육체가 깨어났다.

"무슨 일이 있었지?"

달라진 점은 없었다. 예전의 기억을 가지고 같은 감성을 가졌다. 그럼에도 그것은 예전의 강혁준이 아니었다.

그저 아우터 갓에 의해 복제된 존재에 불과하다. 초즌은 여전히 무의식적 이끌림에 따를 것이고, 아우터 갓을 위해서 악마를 처단할 것이다.

"윽… 머리가 아프네."

방금까지의 사건 모두가 그에게 있어선, 없는 일이 되어버렸다.

더불어 어비스에 있었던 일도 모두 잊혀지고 말았다.

미스트라도.

그가 사랑했던 루카도, 그리고 둘 사이에 태어날 아기도.

복제된 강혁준은 전혀 모르는 일이 되고 말았다.

지이이잉.

어비스의 황무지.

갑자기 마력이 요동치더니 포탈이 열린다. 그리고 거기에서 신수 한마리가 튕겨져 나오듯 빠져나왔다.

신수는 바로 뭉크였다.

미스트라는 자신의 생명을 불태워가며, 혁준의 영혼을 뭉크에게 맡겼다. 뭉크는 그녀의 뜻을 이행하기 위해 다시 어비스로 돌아온 것이다.

"미스트라님…."

뭉크의 눈에 눈물이 샘솟기 시작한다. 소중한 존재를 잃어버렸기에…

"어떻게든 주인님의 유지를 이어받아야 해."

뭉크는 자신의 품에 있는 혁준의 영혼을 바라보았다.

"시간은 많지 않다."

육체가 없는 영혼은 시간이 지나면 흩어지기 마련이다. 그렇게 사라지기 전, 얼른 다음 수단을 마련해야만 했다.

Part 153 : 선택

뭉크가 향한 곳은 한 도시였다.

나이펜드리아.

한 때, 네크로폴리스라고 불리었던 곳.

망자가 지배하던 버려진 땅은, 지금 많은 수의 주민이 거주하는 거대 도시가 되어있었다.

"응? 저게 뭐지?"

도시의 경비병은 뭉크를 보고 의문을 표했다.

그럴 수밖에 없는 것이 뭉크의 위용은 예전과 같지 않았다.

외견을 훑어만 봐도, 막강한 힘이 절로 느껴지는 모습이다.

"위험한데? 어떻게 하지?"

"군사를 불러."

땡땡땡…

침입자를 알리는 종이 요란하게 울린다.

뭉크는 마음이 다급했지만, 일단 기다렸다.

정면돌파 할 기세로 싸운다면 뚫지 못할 보안도 아니다. 하지만 그것 말고도 안전하게 도시 안으로 진입할 방법이 있었다.

"헉… 비세스님?"

나이펜드리아의 총독이자 도시의 최고 책임자인 비세스였다.

한 때 강혁준에게 죽임을 당했으나, 미스트라에 의해 다시 부활한 여인이기도 하다.

"군사를 모을 필요는 없다. 모두 해산하라."

"정말 괜찮겠습니까?"

장교는 혼란스러운 표정으로 말했다.

"두 번 말해야 하나?"

"아… 아닙니다."

비세스의 대처로 모여들던 병사는 급히 해산 되었다.

덕분에 뭉크는 아무런 방해 없이 도시 안으로 진입할 수 있었다.

"고맙군."

비세스를 경호하던 병사들이 기겁했다.

난생 처음 보는 데몬이 말을 할거라곤 예상치 못한 것이다.

"의식은 미리 준비되어 있다. 따라오도록."

뭉크는 바닥에 착지했다. 그리고 비세스를 따라서 나이펜드리아의 지하에 들어갔다.

차가운 공기가 흐른다.

오래 전.

이곳은 고도의 마도학이 발달되었다.

마법 생명체를 창조하는 여러 가지 쾌거를 달성했지만, 그것을 결국 과거의 영광이 되고 말았다.

다만 아직도 그 연구시설은 그대로 남아 있었다.

그것을 가동시킬 정도로 뛰어난 마법 학자는 없지만.

최하층.

그곳에는 사념체가 만든 실험실이 있다.

사념체에게는 이름이 없었다.

하지만 그녀에게 이름을 선물한 노예가 있다.

그의 이름은 조슈아.

조슈아와 릴리는 서로를 아끼고 사랑했다.

하지만 운명은 잔혹했다.

비극으로 인해 둘은 영영 만날 수 없게 되었다.

노예탈출 사건에 휘말린 조슈아는 형장의 이슬로 사라졌기 때문이다.

그 이후,

아인포프를 비롯한 마도사들은 그 댓가를 치루었지만, 죽은 조슈아가 돌아오지 않았다.

조슈아의 죽음을 받아들이지 못한 릴리는 마법 실험을 계속 했다.

그 주제는 죽은 자를 되살리는 비술이었다.

수 많은 언데드를 양산했지만, 죽은 자를 되살리는 것은 불가능했다.

하지만 그 결과가 없는 것은 아니다.

삐삑…

사념체가 남기고 간 유산 중에서는 조슈아의 클론이 있었다.

살아 생전의 모습을 완벽하게 복원했으나….

단 한 가지.

죽은 조슈아의 영혼을 부르지 못했다.

"완벽하군."

뭉크는 조슈아의 클론을 보면서 말했다.

살아있지만 죽은 존재.

영혼이 없기에, 그저 숨만 쉬고 있다.

뭉크는 간직하고 있던 영혼을 조슈아에게 불어넣었다.

쏴아아아아…

강혁준의 영혼은 아무런 방해 없이 그 안에 들어갔다.

"……."

뭉크는 떨리는 심정으로 바라보았다. 성공 확률은 매우 높다. 하지만 직접 눈으로 보기까지 걱정이 되는 것은 어쩔 수 없었다.

움찔.

손가락이 조금 움직이는가 싶더니, 이윽고 소년의 눈이 떠졌다.

"쿨럭. 쿨럭…."

클론이 거칠게 기침을 한다.

비세스는 미리 대기시켜둔 치유사를 불렀다.

치유사가 곧바로 클론의 상태를 살피기 시작한다.

"건강은 양호합니다."

이윽고 클론은 겨우 뜨고 말했다.

"여… 여기는 어디지?"

그의 질문에 비세스가 대답했다.

"나이펜드리아닙니다. 집정관님."

비세스의 대답에 클론은 혼란을 느꼈다.

"나이펜드리아? 그럼 어비스란 말인가?"

"맞아. 마지막 순간에 미스트라님이 어비스로 전이시켜 주었으니까."

뭉크는 차근차근 설명해주었다.

"그…그렇군. 이제 좀 기억나기 시작했어."

클론은 이내 자신의 정체와 주변상황을 이해하기 시작했다.

"빌어먹을 나는 대체 무엇을 위해서…."

강혁준은 절규했다.

자신의 의지로 살아왔다 생각했는데… 그 모든 것이 착각에 불과했다.

본인이 그저, 신의 장기말 중 하나라는 사실을 받아들이기 힘들다.

장기판의 말.

이용가치에 따라 얼마든지 버려질수도 있는 존재.

"모든 것이 혼란스러울 것입니다. 집정관님. 잠시 쉬도록 하세요."

비세스와 뭉크는 먼저 퇴장했다. 혼란스러운 강혁준을 위해 배려한 것이다.

꧁

시간이 흐르고,

강혁준은 비세스를 찾았다.

"미안하군."

한 때 그녀를 적으로 간주하고 직접 죽인 적이 있다.

미스트라가 그녀를 다시 되살렸지만,

강혁준은 그 때의 일에 관해서 사과한 것이다.

"미안해 할 것 없습니다."

비세스는 딱딱한 어투로 말했다. 그러고보니 인격도 달라진 것 같았다.

"비세스의 영혼은 이미 사라졌습니다. 껍데기만 같을 뿐 알맹이가 다르지요."

강혁준에 의해서 비세스는 이미 죽고 없었다. 미스트라의 영혼 조작을 통해서 그 안에 든 것은 다른 자의 영혼이었다.

"제 원래 이름은 테싼입니다. 미스트라님을 섬기는 하인이었지요. 하지만 이왕이면 비세스라고 하시지요. 그 점이 아마도 여러 가지로 눈에 덜 띌 겁니다."

"그런가?"

"이미 짐작하고 계시겠지만, 미스트라님은 지금의 상황을 미리 예견하셨지요."

강혁준은 묻고 싶은 것이 많았다. 하지만 그는 인내심을
가졌다.

"많은 점이 혼란스러울 것입니다. 하지만 단 하나. 미스
트라님은 목숨을 걸고 당신을 살리신 겁니다. 그 점은 집정
관님도 부정하지 못하실 겁니다."

그 말은 정답이었다.

미스트라가 아니었다면,

강혁준은 지금쯤 영원히 소멸했을 터.

"초즌… 그들이 말하는 초즌이란 대체 뭐지?"

"일종의 안전 장치죠. 초즌까지 실패하면, 그때서야 천
사들이 직접 개입을 합니다."

악신은 늘 어비스를 빠져나가기를 원한다. 그리고 인류
는 간수로서 그들을 영원히 감시하는 시스템.

"후우… 그래서 미스트라가 원하는 것은 뭐였지?"

"그분은 당신이 선택하시길 바라고 있었습니다."

"선택?"

비세스는 냉정한 눈빛으로 말을 이었다.

"인간과 어비스의 주민은 끝없는 대리전으로 고통 받고
있습니다. 잠시간의 휴식이 있을 뿐. 결국 승리자 없이 영
원한 전쟁이 이어지는 것이죠. "

악신이 힘을 회복하고, 주기마다 큰 전쟁이 일어난다.

"자기 의지로 싸우는 것이 아니라. 그저 신이 원하는대로 무의미한 전쟁을 반복하는 겁니다. 미스트라님은 그것을 끝낼 수 있는 단 한 사람으로서, 당신을 주목했지요."

"그렇다면 미리 와서 말해도 되잖아? 왜 지상에 있을 때, 그렇게 한 것이지?"

"과연 미스트라님이 말로 해서 당신이 믿었을까요? 오히려 그녀를 배척하지 않았을까요?"

그것은 맞는 말이었다.

모든 것을 겪은 지금도 믿기지 않는 사실에 넋이 나갈 것 같다.

"미스트라님에게 있어서 그것은 최선의 방안이었습니다. 그리고 당신이 직접 본대로 천사가 현세에 강림했지요."

"이길 수 없었어. 아니 그들의 털끝하나 건들일 수가 없었다는 표현이 어울리겠군."

"맞아요. 당신이 인간인 이상, 천사를 거역할 수 없는 법이지요."

그 경험은 강혁준에게 있어서 매우 치욕적이었다.

"하지만 그럴 수밖에 없어요. 예전 당신의 힘은 천사들의 그것조차 뛰어넘었으니까. 초즌의 힘은 그만큼 뛰어난 것이지요."

강혁준도 인정하지 않을 수 없었다.

그의 능력 중에 하나인 아드레날린 러쉬는 초유의 사기 기술이다. 극한까지 끌어올리면 물리법칙까지 간섭할 정도로.

"하지만 지금은 아니죠. 당신의 몸을 보세요."

강혁준은 자신의 몸을 내려다 보았다.

인간과 비슷하지만 확실히 다르다.

먼저 푸르스름한 빛을 띠고 있다.

그리고 그의 귀는 뾰족했으며, 송곳니가 발달되어 있었다.

"그리고 어려졌잖아."

조슈아의 생전 나이는 고작 18살. 허나 그는 매우 동안이었던 탓에, 아무리 좋게 봐줘도 앳된 모습이 강렬하다.

"어쩔 수 없어요. 당신의 영혼을 받아 들일 수 있는 육체는 그것이 유일했으니까. 사념체가 만든 육체가 없었다면, 아마 당신은 죽음을 피하지 못했을 겁니다."

"그거 참 끔찍하군."

강혁준은 냉소를 지으며 말했다.

"농담은 아닙니다만. 어찌됐건 그 덕택에 당신은 인간의 굴레에서 벗어날 수 있었지요. 천사와 대적할 수 있게 되었단 말이지요. 그들을 물리치고 악신을 해방시키세요. 그렇게만 한다면 인피니티 워를 종전시킬 수 있어요."

인피니티 워.

지상과 어비스의 주민들간에 벌어지는 끝없는 전쟁.

그 굴레에 벗어나기 위한 방법은 단 한가지다.

신의 사자인 천사를 제거하고, 악신을 해방하는 길이다.

그렇게만 한다면, 더 이상 지상과 어비스는 신들에게 있어서 그다지 중요하지 않은 세계가 될테니까.

"그것이 미스트라의 의도인가?"

강혁준은 씁쓸한 표정을 지으며 물었다. 허나 비세스는 고개를 저었다.

"아니요. 방금도 말했다시피 미스트라님은 당신으로하여금 선택할 수 있는 기회를 주셨어요."

"그게 무슨 뜻이지?"

"이대로 어비스에서 모든 것을 잊고 살아가도 된다는 것이지요. 후대에 다시 인간과 데빌은 다시 전쟁을 하겠지만. 그것은 당신 탓이 아니죠."

그녀의 말대로 강혁준은 초즌으로 선택되었을 뿐, 사태를 일으킨 장본인은 아니다.

"불완전한 평화지만, 당신은 그것을 누릴 자격은 있다고 하셨어요. 당신이 사랑하는 그녀가 애머른에 있지요? 많은 설명이 필요하겠지만, 그래도 당신의 가족 곁으로 돌아갈 수 있답니다. 그곳에서 편안히 남은 생을 보내시는 것도 한 가지 방법이 되겠지요?"

사랑하는 루카는 강혁준의 아이를 잉태해 있었다. 지금쯤이면 아마 아이를 낳았으리라.

'보고 싶다.'

그저 떠올리는 것만으로 그리움이 사무친다. 아들인지 딸인지는 모른다. 허나 그건 중요하지 않다. 그와 루카의 사랑의 결실이다. 어찌 사랑하지 않을 수 있겠는가?

"두 가지 길 중에 하나를 선택하세요. 무엇을 선택하든 저는 성심성의껏 돕겠습니다."

그녀는 그 말을 마지막으로 한발 물러났다.

"잠시 생각할 시간을 줘."

"얼마든지요."

비세스가 공손하게 인사를 올리더니 방 밖으로 빠져나간다.

✣

그 시각.

또 하나의 강혁준은 고민을 하고 있었다.

"답답해. 뭔가 가슴속에 중요한 것을 잃어버린 것 같아."

그는 혼란스러워하고 있었다. 그럴 수밖에 없는 것이 뭔가 중요한 것을 놓치고 있는 느낌이었기에.

"머리가 아프군. 일단 바람이나 쐬자."

숙소에서 나왔다.

끼룩… 끼룩…

바닷가의 내음이 확 몰려온다. 그에 더해서 하얀색 갈메기가 날아가는 모습이 보인다.

"하하… 이번에도 만선이군."

"일은 힘들지만. 그래도 먹고 살 걱정은 줄었어."

물고기를 잔뜩 실은 배가 도착한 모양이다.

확실히 생활 수준은 예전보다 나아졌다. 적어도 배고픔에 시달리는 일은 없어졌으니까.

Part 154 : 두 명의 강혁준

항구는 북적거렸다.

복제된 강혁준은 아무런 목적지 없이 한 동안 걷기만 했다.

얼마쯤 걸었을까?

시끄러운 소리가 들려서 고개를 돌려보았다.

"이봐요. 지금 그래서 약속된 대금을 못주겠다는 거에요?"

20대 여성이 날선 목소리로 외친다.

"그래. 원래 보름 이내에 배를 보내주기로 했잖아. 그런데 지금 시간이 얼마나 지났지?"

"말했잖아요. 늦어질 수도 있다는 것. 그 점은 이미 고지했고, 당신네들도 수락했잖아요."

남자는 자신의 귀를 파면서 말했다.

"응? 언제적 이야기를 하는거야? 난 잘 모르겠는걸?"

"으…."

뭔가 거래에 문제가 있는 모양이다.

강혁준은 그냥 지나치려고 했다. 어차피 자신의 일도 아닌데 끼여드는 것은 오지랖이라 본 것이다.

허나 우연히 그녀의 얼굴을 보고는; 자신도 모르게 발을 멈추고 말았다.

"아라?"

진아라.

비록 강혁준의 회귀는 꾸며진 것이다.

하지만 기본적으로 어느정도 뼈대를 바탕으로 만들어진 꿈이다.

그 기억에서 강혁준은 아라와 사랑을 나누었고, 결혼까지 했었다.

그 기억을 떠올리는 것만으로 강혁준은 자신이 살아있음을 느꼈다.

그러거나 말거나.

둘 사이의 분쟁은 점점 커지고 있었다.

"어이, 뭔가 착각하고 있는 모양인데. 누구 덕택에 여기서 장사하는지 몰라?"

"……."

남자는 주작클랜의 임원이었다. 그는 배를 매입하는 일을 맡고 있는데, 알다시피 이런 일은 투명하게 흘러가지 않는 법.

그는 중간 관리직답게 부정부패의 중심에 있었다.

"이것봐요. 이 일을 상부에 올릴 수도 있어요."

"아 그러시든가?"

들은 척도 않는다. 사실 그는 미리 상부에 기름칠을 해놓았다. 그정도 뇌물을 떠 먹였으니, 큰 문제는 없을터였다.

"크으…."

"이것만 받고 꺼지든가? 아니면 빈 손으로 돌아가는 수밖에 없겠지?"

그가 건네는 대금은 약속된 금액의 절반도 되지 않았다.

그녀는 고민했다.

저거라도 받지 않으면 안 된다. 배를 건조하느라 많은 인력이 들었다. 저걸 받으면 일단, 기술자들 봉급은 줄 수 있을 것이다.

하지만…

'나쁜 새끼들. 이번에 한번 받으면, 다음번에도 가격을 후쳐칠게 뻔한데.'

관례라는 것이 있다.

한 번 이런 사례를 만들면 두고두고 갑질에 시달릴 수밖에 없을 것이다.

'어쩌지?'

바로 그 때,

강혁준이 나섰다.

"여! 오랜만이오."

주작 클랜의 간부는 어리둥절한 표정을 지었다. 왠 처음 보는 남자가 자신을 아는척했기 때문이다.

"누구신지?"

"내가 누군지는 잘 알 텐데?"

간부는 기억을 되살렸다. 그리고 얼마있지 않아서 전설처럼 나타난 한 남자를 기억해 냈다.

주작 클랜 마스터의 개인 경호요원.

하지만 그것은 겉으로 드러난 직책에 불과했다. 들리는 소문으로는 주작 클랜의 비밀 무기라고 불리는 신비인.

마치 암행어사처럼 곳곳에 나타나서, 온갖 어려운 일을 순식간에 해치운다고 알려진 바로 그 남자가 눈앞에 서 있었다.

"아… 안녕하십니까?"

간부는 등 허리에 식은땀이 고이기 시작했다. 전혀 예상치 못한 강혁준과의 만남은 그에게 천재지변같은 재앙에 가까웠다.

"여… 여기에는 어쩬 일로 오셨습니까?"

"마스터님께서 클랜 내에 무슨 문제가 없나 살펴보게 했거든."

"헙…."

남자는 더 많은 땀을 흘리기 시작했다. 부당하게 갑질을 하는 장면이 딱 걸려들었다. 그의 직속 상관이라면 눈 감아줄지 모른다.

하지만 그 상대가 클랜의 마스터라면?

어쩌면 클랜에서 방출될지도 모른다.

"어라? 아저씨?"

아라의 눈이 크게 떠졌다.

그녀 역시 5년 전의 만남을 기억하고 있었다.

가디언 클랜 소속인 그녀가 스트롱홀드에게 잡혀서 곤욕을 치를뻔했다.

그럴 때에 그녀를 구원해준 이가 바로 강혁준이었다.

물론 그 알맹이가 뒤바뀐 것은 사실이지만.

적어도 그녀의 눈에는 5년만의 반가운 재회였다.

"쉿!"

강혁준은 일단 그녀에게 작게 윙크를 했다. 재회의 반가움은 뒤로 하고 일단 부정을 저지른 간부를 처리할 시간이다.

"보아하니 작은 문제가 생긴거 같은데, 어떻게 된건지 이실직고하는 것이 좋을거야."

강혁준은 강한 어조로 밀어붙였다. 그 역시 오랜 조직 생활을 한 몸. 이럴 땐 강하게 압박하는게 좋다는 것을 잘 알고 있다.

"죄… 죄송합니다. 부디 선처를…."

간부는 무릎을 꿇었다. 새로 들어온 마스터는 융통성이 없기로 소문이 자자하다. 여태까지 저지른 부정이 드러나면 큰 벌을 받게 될지도 모른다.

"뭔가 오해가 있나본데."

강혁준은 간부 곁으로 다가갔다. 그리고 그를 일으켜 어깨동무를 걸친다. 그리고는 으슥한 곳으로 그를 끌고 갔다.

"별로 일을 크게 만들고 싶지는 않아. 어차피 네 놈 같은 족속들을 일일이 쳐내다가는 내가 지치거든."

크고 작든 조직이 생기면 그 안에서 부조리가 생긴다. 그걸 모두 막는다?

할 수 있으면 좋겠지만, 결국 불가능한 일이다. 그리고 강혁준은 그런 점까지 책임지고 싶진 않았다.

그가 해야할 일은 악마를 처단하는 것뿐이다. 그것만 가능하면 나머지는 어떻게 되든 상관없다.

"저 여자 알지?"

"네? 아 네넵."

"나랑 친분이 좀 있는데. 괜히 뻘 짓하지 말고 그녀에게 잘 대해줬으면 해서. 무슨 말인지 알지?"

"넵! 알겠습니다. 분부대로 합지요."

"너무 그렇게 쫄지 말고. 누가 보면 사람 잡는지 알겠네. 자연스럽게! 응?"

"넵!"

허나 간부는 마치 목각인형처럼 뻣뻣하게 움직이고 있었다. 그는 진아라에게 다가가서 말을 늘어놓기 시작했다.

"헙헙… 잠깐 착오가 있었던 모양인데. 준비한 대금을 치르겠네."

그 때 뒤편에 있던 강혁준이 눈치를 더 주었다.

"커-험!"

"아… 아니지. 이번에 상부에서 특별히 보조금을 더 준비했네. 그동안 많이 힘들었지? 하하하…."

보조금이 있을 리 없다. 하지만 간부는 살기 위해서 말을 만들어 냈다.

"고… 고마워요."

아라는 도대체 어떻게 된 것인지 아리송했다. 하지만 약속대로 준다고 하니 감사하게 받을 수밖에.

간부는 셈을 치르고 부리나케 사라졌다. 그 모습이 엉덩이에 불이라도 붙은 것 같다.

"오랜만이네."

강혁준이 먼저 인사를 건네었다.

"정말이네요. 그동안 대체 어디 계셨던 거에요?"

"그… 그건?"

강혁준은 얼굴을 찡그렸다. 아무리 기억을 떠올리려고 해도, 검은 안개가 낀 것처럼 떠올려지는 것이 없다.

"미안."

파고드면 팔수록 두통이 심해진다. 마친 커다란 제약이라도 가해진 것처럼.

'대체 이게 뭐지?'

알 수 없는 현상이었다. 하지만 이걸 어떻게 할 방도는 없었다.

"아저씨 괜찮아요?"

아라가 걱정하듯 물었다.

"아… 별거 아니다."

혁준은 아무렇지 않은 표정을 짓더니 친근하게 말했다.

"바쁘지 않으면 잠시 걸을까?"

"네!"

그녀가 크게 고개를 끄덕였다.

✤

아라는 조잘거리며 대화를 주도했다.

"지금은 아발론에서 만들어진 배를 각각의 항구로 운송하는 일을 하고 있어요."

"많이 바쁘겠네."

"어휴. 말도 마세요. 눈 코 뜰새도 없다니깐요."

그녀는 신이 나서 항해에서 겪었던 일들을 이야기를 했다.

"처음에는 멀미가 심해서 죽을 뻔했다구요. 살이 쪼옥 빠져서. 이대로 젊은 나이에 요절하는 줄 알았어요."

"하하… 그런 것 치고는 잘 먹은 모양인데?"

"헤헤. 제가 물고기를 좋아해서. 대구 찜을 잘하는 곳이 있는데, 나중에 같이 가요."

그녀는 귀엽게 조잘댔다.

"아! 미안해요. 일행이 기다리고 있어서. 너무 늦으면 걱정할지도 몰라요."

"그렇군. 데려다 주지."

잠깐 거리를 걸었다고 생각했는데, 어느새 해가 지려 했다.

둘은 그저 걷기만 했을 뿐인데, 시간 가는줄 몰랐던 것이다.

"아저씨."

"내 이름은 강혁준이야. 아저씨라고 부르니까. 너무 나이들어 보이잖아."

"그건 그렇네요. 그렇다면 혁준 오빠라고 부를게요."

그녀는 잠깐 주저하다가 말을 이었다.

"저번에 했던 약속 기억나요?"

머리가 검은 안개로 가득 차 있지만, 그것만은 또렷이 기억났다.

"물론이지."

그녀는 얼굴을 붉혔다. 하지만 이내 쭈뼛거리며 강혁준에게 다가온다. 그리고 그의 손을 살며시 잡고 속삭이듯 말했다.

"이번에는 안 떠나보낼거에요. 정말이라구요."

그로부터 5년이 지났지만 그녀는 여전히 아름다웠다. 강혁준 역시 고개를 끄덕였다.

"그래. 그러자."

강혁준에겐 아직 남은 일이 있다. 이 땅에 남은 악마를 모조리 처단하는 것이다. 하지만 그 모든게 끝나고 난 후의 일도 생각해야 했다.

'그녀와 지낸다라… 상상만 해도 기분이 좋군.'

이미 결혼 생활을 한번 유지해봤다.

그리고 거기에서 오는 안정감은 이루말할 수 없이 달콤했다.

아라는 마음이 넓은 여자였다.

그녀와 함께 있으면 지금의 불안도 완전히 사라질 것 같았다.

둘은 다음 날 다시 만나기로 약속을 했다.

✦

어비스.

악신을 가두기 위해 만들어진 곳이다. 본디 어둠만이 존재하는 공간이었지만, 필요에 의해 만들어진 두 존재가 있다.

바로 데몬과 데빌.

인간이 보기에는 그들 모두가 악의 주구처럼 보이겠지만, 실상은 그와 반대였다.

그들 역시 신의 주구로서 원하지 않는 전쟁에 내몰린 처지다.

강혁준은 높은 첨탑에서 도시의 풍경을 내려다보았다.

천사들에게 소멸 당할뻔했으나, 미스트라의 도움으로 어비스로 도주할 수 있었다. 그리고 이렇게 새로운 육체까지 얻었다.

지금은 비세스의 도움으로 도시에 거주하고 있지만, 시간이 갈수록 심란한 마음만 더해간다.

'어떻게 해야 하지?'

답답하다.

너무 많은 전쟁을 겪었다.

여태까지 수많은 적군을 죽였고, 아군도 희생시켰다.

하지만 상대편 진영도 마찬가지다. 신들에 의해서 내몰린 것에 불과하다.

"으드득…."

강혁준은 이가 부서져라 악물었다. 여태까지 자신의 의지라 믿었던 것은 새빨간 거짓이다. 그저 이용당했을뿐.

"마음에 안 들어."

그렇다고 다시 이길지도 모르는 싸움을 해나가고 싶지는
않았다.

무엇보다 그가 사랑하는 이가 어비스에 있다. 그녀의 이
름은 루카. 그리고 지금쯤이면 그의 아이까지 낳았을 터.

"……."

지금바로 결정을 내릴 수 없었다.

그보다 당장 그녀를 만나고 싶었다.

결정은 그 다음 이야기다.

강혁준은 곧바로 비세스를 불렀다.

"부르셨다 들었습니다, 집정관님."

비세스는 공손한 태도로 무릎을 꿇었다.

"지금 바로 애머른으로 가야겠어."

"알겠습니다. 즉시 준비토록 하지요."

곧 이어 마차 한대가 준비 되었다. 예전의 육체라면 한달
음에 달려갈텐데. 지금은 그럴수가 없다.

육체가 바뀌고 난 후,

예전의 강함은 완전히 사라졌다. 더 이상 예전과 같은 무
용을 자랑할 수 없을 터,

그것은 또 다른 문제였다.

따그닥 따그닥…

"휴우…."

빠르게 지나가는 풍경을 바라보며 혁준은 오랜 생각에 잠기었다.

　며칠 후, 강혁준은 애머른에 도착했다.

Part 155 : 리아나

애머른은 여전히 활기찬 도시였다.

강혁준 손에 의해 어비스가 통일되고,

그 이후 애머른은 제국의 수도역할을 하게 되었다.

집정관이 잠시 자리를 비웠지만.

별다른 문제는 없었다.

강혁준을 보좌했던 이들이 건재했기 때문이다.

그 중 주축이라 할 수 있는 인물이 집정관의 아내 루카였다.

그녀는 애머른을 비롯한 도시들을 다스리는 중책을 맡고 있다.

허나 일을 마치고 집으로 돌아오면 한 아이의 어머니가
되었다.

"어서 오십시오."

유모가 일어서서 그녀를 맞이한다.

"리아나는?"

리아나는 강혁준과 루카 사이에서 태어난 딸의 이름이었
다.

"아기씨는 자고 있습니다."

루카는 곧바로 리아나가 있는 방으로 들어갔다.

새근새근…

딸은 곤히 잠들어 있었다.

아이는 혼혈이었지만, 푸르스름 피부와 머리에 뿔이 돋
아나 있었다.

루카의 피가 더 진하게 나타난 것이다.

그녀는 입가에 미소를 지었다.

집정관 강혁준이 떠난 이후, 많은 책임이 그녀에게 지워
졌다. 하루종일 힘든 업무에 몸이 피곤해도, 아이를 보면
씻는듯이 사라졌다.

방문이 열린다.

그리고 나타난 이는 집사였다.

"주인님. 손님이 찾아왔습니다."

"알았다."

루카는 고개를 끄덕였다.

응접실에서 기다리고 있는데, 문을 열고 나타난 이는 젊은 청년이었다.

'왠지 낯이 익어.'

루카는 의아한 감정을 느꼈다.

기억력이 좋은 그녀는 한번 본 사람은 곧잘 기억해내곤 했다.

분명 청년을 처음 봤건만, 왠지 모르게 그리운 감정이 느껴지는 것이다.

"비세스님의 밀사로 이렇게 찾아뵙습니다. 늦게나마 득녀의 소식을 듣고 선물을 가져왔습니다."

청년과 함께온 자들이 금은보화의 선물과 몸에 좋은 영약이었다.

"고맙게 받지요."

원래라면 이대로 대화는 끝난다. 청년의 역할은 어디까지나 선물을 전해주는 것으로 끝나는 것이다.

하자만 청년은 곧바로 물러나지 않았다.

사실 발이 떨어지지 않는다는 것이 맞는 말이었다.

'루카…'

지금은 조슈아의 몸을 가지고 있지만.

그 알맹이는 바로 강혁준이었다.

"늦지 않았다면, 잠시 식사라도 하고 가세요."

그의 마음을 눈치채었을까?

먼저 말을 꺼낸 이는 루카였다. 그녀 역시 이유를 알 수 없었지만, 이대로 그를 떠나보내는 것이 마음에 걸린 것이다.

"감사합니다."

✤

손님이 늘어난 탓에 주방은 한층 바빠졌다.

이윽고 식탁에 온갖 산해진미가 올라가기 시작했다. 그녀는 먼저 손을 내밀면서 말했다.

"드세요. 저희 주방장은 솜씨가 좋답니다."

"감사합니다."

비세스의 수행원들은 기꺼운 마음으로 식사를 진행했다. 하지만 맛좋은 음식을 보고 손이 잘 가지 않는 인물이 있었다.

바로 강혁준이었다.

'지금 당장이라도 말하고 싶다.'

지금 가진 몸은 다른 이의 것이다. 하지만 실제 있었던 이야기를 하면, 그녀가 믿어줄지도 모른다.

"무슨 문제라도 있나요?"

루카가 먼저 말을 꺼낸다.

"아… 닙니다. 루카님의 환대에 그저 고마워서 그렇습니다."

결국 강혁준은 입을 다물었다.

사실대로 말하자니. 지금 자신의 모습이 너무나도 초라하다.

예전 강혁준은 막강한 힘을 가지고 있었고, 두려움이 없었다. 하지만 지금은 모든 것을 잃어버린 무력하기 그지없는 상태다.

"……."

강혁준은 간만에 그녀를 만났지만, 오히려 괴로움만 늘어났다.

수행원들 모두가 배 부르게 먹었지만, 혁준은 음식이 입으로 들어가는지 코로 들어가는지도 모르고 식사 시간이 끝났다.

'왜 일까?'

그 시각,

루카 역시 혼란스러운건 마찬가지였다.

수행원으로 찾아온 청년은 보면 볼수록 친밀하게 느껴진다. 가까이 있는 것만으로 마음이 편해지는 느낌이랄까.

'내가 대체 무슨 생각하는 거람?'

강혁준이 떠나고 혼자 있는 시간이 늘어나긴 했다. 그렇다고 처음 보는 남정네에게 마음이 두근거리다니. 루카는 스스로 경망스럽다고 생각했다.

'휴우…'

곧 헤어질 시간.

강혁준은 입술을 깨물었다. 그러다가 용기를 내고 말했다.

"루카님. 실례지만 한 가지 부탁이 있습니다."

"네. 말씀하세요."

"괜찮다면 따님을 한번이나마 볼 수 있을까요? 나중에 비세스님에게 리아니님의 생김새를 전해주고 싶어서요."

루카는 이내 고개를 끄덕였다.

"그렇게 하세요."

이상하다 여길 수도 있는 부탁이지만, 루카는 쉽게 허락을 내렸다.

⚜

리아나는 깨어나 있었다.

아이를 돌보던 유모는 고개를 숙이면서 옆으로 빗겨선다.

"꺄르르륵…."

아이는 빙그레 웃는다. 마치 어머니를 알아보는 것처럼.

루카 역시 아기를 품 안에 안았다.

아기와 어머니.

자주 볼 수 있는 광경이지만, 그것만큼 가슴 뭉클한 광경도 찾기 어려울 것이다.

"……."

강혁준은 가슴이 벅차올랐다. 거기에는 사랑하는 아내와 밝게 웃는 자신의 아이가 있었다.

당장이라도 손을 뻗고 싶다.

하지만 지금 그의 정체는 철저하게 타인이었다.

그 풍경 속에 녹아들고 싶지만, 현실적으로 불가능한 일이다.

"어떤가요? 이쁜 아이지요?"

그녀가 묻는다. 혁준은 애써 괜찮은척했다. 그리고는 입가에 미소를 지으며 말했다.

"그렇군요."

루카는 그에게 다가갔다. 그리고는 리아나를 혁준에게 건네주었다.

"한번 안아보세요."

"저⋯ 저는⋯."

"괜찮아요."

원래라면 그러지 않았을 것이다. 다만 그 청년의 표정이 너무나도 안되어보였다. 혁준은 갈망을 숨기고 있었지만, 예민한 루카가 그것을 알아차린 것이다.

"그럼 실례하겠습니다."

강혁준은 리아나를 안아들었다.

"꺄르르륵⋯."

난생 처음 보는 남자의 품이다. 하지만 아이는 여전히 웃는다. 웃음이 많은 아이였다.

'세상에 나와줘서 고맙구나.'

자신의 분신을 바라본다. 짧은 시간이지만, 여태까지 그를 괴롭히던 문제를 완전히 잊고 말았다.

씨이익⋯

강혁준은 자신도 모르게 미소를 짓고 만다.

전형적인 아빠 미소였다.

"혹시?"

그 모습을 보면서 루카가 말했다.

"네?"

"아⋯ 아니에요."

그녀는 고개를 저었다. 아무리 생각해도 어이없는 생각이다. 난생 처음 보는 남자에게 강혁준의 모습을 볼 줄이야.

'나도 참 말도 안되는 생각을….'

강혁준은 안고 있던 리아나를 다시 되돌려주며 말했다.

"감사합니다. 덕분에 비세스님께 많은 이야기를 할 수 있을 것 같군요."

혁준은 곧바로 작별을 준비했다. 루카는 그를 집 밖까지 배웅해주었다.

"그럼 가보겠습니다."

짧은 만남이었다. 하지만 강혁준에게 있어서 한 가지 결심을 하기에는 충분한 시간이었다.

✠

강혁준은 곧바로 나이펜드리아로 향했다.

더 이상 망설임은 없었다.

총독실.

비세스는 강혁준을 맞이했다.

그녀는 부복을 하고는 혁준의 말을 기다렸다.

"마음에 결정을 내리셨군요."

비세스는 혁준의 표정을 보는 것만으로 그의 굳은 마음을 느낄 수 있었다.

"그렇다."

강혁준은 자신이 내린 결정에 말했다.

"신들이 더 이상 우리를 가지고 놀지 못하도록 하겠어. 그리고 내 육체를 다시 되찾을 것이다."

"그것이 정녕 당신의 선택입니까?"

"그렇다."

루카와 둘 사이에 태어난 딸을 보면서 강혁준은 자신의 초라함을 동시에 느꼈다.

지금 그는 아무것도 할 수가 없었다.

주체적인 역할은 커녕 어비스에서 제일 약하고 힘 없는 축에 든다.

당장 비세스가 다른 마음을 품는다면 그대로 당할 수밖에 없다.

'그래서는 안 돼.'

잃어버린 것을 되찾기 위해서 무엇이라도 할 작정이 되었다.

"알겠습니다. 그럴 줄 알고, 준비한 것이 있습니다. 하지만…"

비세스는 말을 끌었다. 아무래도 선뜻 꺼내기 어려운 말인 모양이다.

"집정관님의 육체는 더 이상 예전과 같이 강하지 않습니다. 물론 그 덕택에 천사의 영향력에서 벗어날 수 있지만."

"그 점은 나도 뼈저리게 느끼고 있다."

"그래서 일방적인 방법으로는 통용이 되지 않습니다."

비세스는 곧 이어 환영 마법을 영창했다. 그러자 어비스의 지도가 크게 드러났다.

"보시다시피 어비스의 모든 영향력은 애머른이 가지게 되었죠. 그에 더해서 악신들의 신전은 계속 허물어 가고 있구요."

"내가 해야 할 일이었다."

악신은 사라지지 않는다.

지금 당장은 약해보이지만, 그건 한순간일 뿐이다.

무구한 시간이 흐르면, 악신은 또 다시 어비스의 주민들을 홀릴 것이다.

그저 섬기기만 하더라도 막강한 힘을 가질 수 있기 때문에.

그 유혹은 너무나도 큰 것이다.

"악신과 접촉하세요. 방법은 그뿐입니다."

"뭐시라?"

악신을 몰락시킨 것은 다름아닌 강혁준이었다. 그런데 이제와서 그들과 만나라니.

"과연 그들이 나를 가만히 둘까? 아니, 그 이전에 어떻게 악신과 소통을 하지?"

그의 질문은 타당한 것이었다. 그러나 비세스는 이내 미소를 지었다.

"악신의 군단이 왜 당신에게 힘 없이 무너졌다고 생각하나요?"

"무슨 소리? 난 최선을 다해서 그들을 박살냈다."

"물론 당신의 시선에서는 그렇게 보이겠지요. 하지만 밑바닥에는 미스트라님의 계획이 있었답니다."

비세스는 숨겨져 있었던 사실을 말했다.

"애머른과 악신의 군단이 부딪힐 때, 악신은 개입하지 않았어요. 그렇지 않나요?"

"그… 그건 그래."

그 당시에는 이상하게 생각하지 않았다. 하지만 곰곰이 생각해보니 그들이 왜 개입하지 않았을까? 라는 궁금점이 생겼다.

"미스트라님은 악신들과 한 가지 계약을 하셨어요. 그 이야기를 할 건데 들어보시겠어요."

미스트라는 높은 지위를 가진 천사였다.

하지만 인간을 사랑했기에 신을 배신한다.

동족에게 쫓기던 그녀는 결국 어비스까지 쫓겨오고,

그곳에서 더더욱 절망한다.

현재의 상황을 바꿀 힘. 그런 힘이 그녀에겐 없었다.

그러던 중, 한 가지 방안을 떠올리게 된다.

초즌!

신에게 선택 받은 자라는 뜻으로, 그 능력은 인류 최강이었다.

그 강력함은 천사들까지 뛰어넘을 정도로.

허나 아우터 갓은 그 능력을 두려워해서 그 육체에 강력한 제약을 걸었다.

절대로 천사에게 아무런 반항을 할 수 없도록.

'그에게 진실을 알려준다면. 어쩌면 지금 사태를 바꿀 수 있을 것이다.'

그것이 그녀의 아이디어였다.

다만 그것을 성공하기 위해서는 여러 가지 제약이 뒤따른다.

무엇보다 초즌을 설득시키는 것이 어려웠다.

'방법은 단 하나다. 그를 어비스로 인도해야 돼.'

천사들 중 미스트라의 행동을 모두가 이해 못한 것은 아니다. 그들 중에서 미스트라의 뜻에 동의한 천사는 아무도 모르게 강혁준의 영혼에 있던 기억을 조작했다.

자연스럽게 어비스로 진입하도록.

천계가 발칵 뒤집어졌다. 하지만 다행스러운 점은 강혁준이 악신의 군단을 쥐잡듯이 때려잡더라는 것이다.

강혁준의 의도를 알게 된 그들은 계획을 조종했다. 이왕이면 어비스를 깨끗하게 청소하는 것이 훨씬 유리해보였기 때문이다.

허나 그것은 모두 미스트라의 노림수였다.

그리고 그 수를 쓰기 위해서 미스트라는 악신들과 한 가지 협정을 맺게 되었다.

Part 156 : 협정

　미스트라와 악신들이 맺은 협정은 이런 것이었다.

　강혁준이 악신들의 추종자들을 마음껏 공격하도록 내버려둔다. 대신 강혁준으로 하여금 자신들이 어비스 밖을 나갈 수 있도록 금제를 파괴토록 한다.

　이 간단해 보이는 협정을 성사시키기 위해 미스트라가 노력한 안배는 손으로 다 못 셀 수준이다.

　일단 강혁준은 아주 강경한 인물로 어떤 회유나 협박도 먹히지 않는 성격이다. 따라서 어디까지나 자신의 뜻대로 어비스를 평정하고 있다고 믿게 만들어야 했다.

　마음껏 어비스의 군세를 쳐부수는 혁준의 모습을 보고

천사들은 만족할 것이다. 그리고 손댈 수 없을 만큼 강해진 초즌에게 모든 것은 아우터 갓의 흉계이며

혁준은 그저 꼭두각시 일 뿐이라는 사실을 알린다.

물론 그는 믿지 않을 것이다. 그래서 미스트라는 스스로가 미끼가 되어 아우터 갓의 천사들을 불러들이고, 강혁준으로 하여금 강제로 진실에 눈뜨게 한다는 계획을 세웠다.

뿐만 아니라 자신의 진심을 전하기 위해 목숨도 기꺼이 내놓았다.

일단 믿게만 만들면 강혁준의 성격으로 볼 때, 죽으면 죽었지 절대 남의 손에 놀아날 위인은 아니다.

결국에는 강혁준은 천사들에게 반기를 들 것이다.

허나 혁준에게 걸린 강력한 금제 때문에 혁준은 결코 천사들을 공격할 수 없다.

이 때 강혁준의 육체에서 영혼을 강제로 뜯어낸다.그리고 영혼을 미리 준비한 조슈아의 육체에 옮긴다. 그리하면 이제 천사들도 제어할 수 없는 새로운 초즌이 탄생하는 것이다.

이 모든 것이 신들의 전쟁을 종결시키기 위한 미스트라의 안배였다. 하지만 거기까지 일 뿐, 그 이후는 결국 강혁준의 선택이 모든 것을 결정하게 된다.

최강의 몸을 잃고, 한명의 데빌로 전생한 강혁준이 과연 강대하다는 말도 부족한 아우터 갓을 향해 반기를 들까? 악신이고 아우터 갓이고 나발이고 전부 집어치우고 현실에 안주할 수도 있다.

하지만 미스트라는 혁준의 반골기질을 믿었다. 사지를 잡아채는 운명이 거칠수록 강혁준은 더욱 앞으로 나아간다.

운명에 저항하고 적을 분쇄하는 것. 끝없이 도전하는 것. 그것은 강혁준이란 영혼의 기원(발생지)이나 다름없었으므로.

✤

혁준은 깊이 생각에 잠겼다. 이토록 깊이 안배하고 목숨까지 받친 미스트라의 계획이다. 자신이 보기 좋게 넘어갔다고 하나, 그 뜻이 악하지 않으니 화가 나진 않았다.

오히려 진실에 눈뜨게 해줬으니 고마운 노릇이다.

하지만 한 가지 이해가 가지 않는 점이 있었다. 비록 sss급을 달성한 강혁준의 영혼을 가졌다고 하나, 어째서 조슈아와 같은 평범한 데빌의 육체를 준비 한 것일까?

물론 끝없는 전투경험과 굴지의 투지로 무장한 강혁준은

새로운 육체를 한계까지, 아니 그 이상으로 사용할 수 있다.

데빌로썬 평범한 완력과 마력을 지닌 몸이지만 칼 한 자루만 손에 쥔다면 어지간한 데빌을 장사지내는 데는 큰 문제가 없을 것이다.

하지만 강혁준의 원래 육체와 비교한다면 이건 너무나 약하다. 앞으로 악신과 아우터 갓을 상대하며 이 인피니티 워를 종결시키겠다는 이상을 꿈꾸기에는 시작이 너무 좋지 않다.

'미스트라가 아무 이유 없이 이 육체를 골랐을 리 없을 텐데…'

그토록 장대한 꿈을 꾼 천사가 목숨을 걸고 만든 계획이다. 필시 어떤 연유가 있을 것이다.

조슈아의 내력에 대해선 이미 들었다. 이 몸은 마법생명체라 할 수 있는 사념체 '릴리'가 사랑하는 친구를 되살리기 위해 온갖 비술을 총동원해 재구성한 육체다.

인간의 이기로 치면 일종의 양자컴퓨터 A.I(인공지능)라고 할 수 있는 것이 바로 사념체다. 그런 사념체가 가장 특별히 여기는 사람을 위해 모든 노력을 다해 만들어낸 몸이다.

뭔가 평범한 몸과 다를지도 모른다.

혁준은 새삼스럽게 조슈아의 몸을 움직여 보았다.

팔과 다리, 온 몸이 부드럽게 움직인다. 전처럼 강인하다고는 하긴 어렵지만 그럭저럭 만족스런 전투가 가능할 정도로 검을 휘두를 순 있을 것이다. 몸의 마나도 운용해 보았다.

대단치는 않지만 약간의 마나가 몸속을 가볍게 회전한다. 괜찮은 몸이고, 인간형의 데빌이라 원래 인간이던 강혁준에게 익숙하다는 것도 마음에 든다.

하지만 그 외 특별한 뭔가는 느껴지지 않았다.

데빌의 몸은 인간과 다르다. 단련한 인간의 몸이라 해도 기본적으로 데빌과 비교하면 어린아이보다 약하다. 오로지 각성의 과정을 거치고, 정수를 통해 강화해야만 데몬이나 데빌을 상대 할 수 있다.

악신의 추종자를 상대할 수 있게 하기위해 아우터 갓이 인간에게 내린 축복이 바로 각성이다.

반면 악신의 피조물인 데빌들은 악신을 섬김으로써 강해진다. 물론 무신론자의 길을 가며 스스로 자유의지대로 살 수 있지만 빠르게 강함을 얻는데는 역시 신성을 획득하는 것이 최고다.

지금 이대로는 자신의 몸을 되찾는 일도, 천사들과 싸우는 일도 불가능하다. 어떻게든 힘을 얻을 필요가 있었다.

물론 악신의 도움으로 힘을 얻어 그들을 해방시킨다는 계획에도 문제가 없진 않았다.

어비스에 봉인된 악신들이 지상으로 나가는 것이 정말로 인피니티 워를 종결시키는 해피엔딩으로 끝날까? 모르긴 몰라도 악신들이 풀려나면 아우터 갓과의 전쟁이 시작된다.

신급 규모의 신마대전이 벌어지는 것이다. 그 틈바구니에서 인간과 데빌의 운명은 어떤 결과를 맞을지 누구도 확신할 수 없다. 만약 악신들이 이긴다면?

혁준이 봐온 악신의 추종자들은 말 그대로 악이었다. 그들은 세상에 비탄과 고통을 가져오는 것만을 목표로 삼는 듯 행동했지 아니한가. 신의 피조물이란 결국 신을 닮기 마련일 것이다. 그 추종자들로 미루어 볼 때, 악신 또한 그냥 악신이라 불리는 게 아니리라.

"모든 게 미지수다. 하지만 지금은 뾰족한 수가 없군. 휴우… 그런데 악신들을 만나려면 어디로 가야하지?"

신을 만나는 장소라. 인간이었던 혁준에게 신이란 개념은 모호하기 그지없었다. 어디에도 있고, 어디에도 없는 존재?

'제단이라도 만들어서 기도라도 올려야하나?'

그런 생각을 하고 있을 때, 비세스가 입을 열었다.

"악신들을 만날 장소는 미스트라님께서 알려주셨습니다. 약속의 조건이 갖춰졌을 때, 왕의 신전에 도착하면 그들이 기다릴 것이라 하셨습니다."

"왕의 신전?"

처음 들어보는 곳이었다. 어비스를 종횡무진하며 전략지도를 달달 외울 만큼 들여다본 강혁준이었지만 그런 지명은 기억에 없었다. 의아해 하는 혁준을 보며 비세스가 묘한 표정으로 입을 열었다.

"혹시 북방 균열선이라고 들어보셨습니까?"

"균열선? 균열선이라…."

문득 짚이는 것이 있었다. 혁준은 이 땅을 통일하기 위해 어비스의 많은 지도들을 봐왔다. 지구의 지도와 비교하면 이곳의 지형은 아주 비상식적이다. 특히 균열선은 아주 해괴한 지형이라 할 수 있다.

악신들을 가두기 위해 인위적으로 만들어진 어비스는 지구처럼 공모양이 아니었다. 굳이 비교하자면 프레이팬 모양이랄까. 땅은 둥근 원형의 모양이었고 그 테두리는 누구도 접근할 수 없는 어둠의 구역으로 막혀 있었다. 거기선 어떠한 빛도 무엇을 밝힐 수 없고, 아무리 밤눈이 밝은 데빌이나 데몬도 아무것도 볼 수 없었다. 그 너머에 무엇이 있는지 누구도 모르는 어둠의 안개인 셈이다. 게다가 그 안개는 마치 벽처럼 물리력을 지니고 있어서 깊이 들어가면 더 이상 나아갈 수 없었다.

오직 정북 방향으로 일정 부분만이 어둠을 품고 있지 않았는데 그렇다고 거기 딱히 뭔가가 있는 것은 아니었다. 그곳은 어비스에서 유일하게 지평선 너머를 기대할 수 있는 장소였다. 딱히 위험해보이지도 않고 평범한 평지로 보이지만 이상하게도 그곳으로 떠난 자는 예외없이 돌아오지 못했다.

많은 수의 모험을 즐기는 데빌이나 자신의 강함을 증명하고픈 데빌들이 이 북쪽으로 여행을 떠났지만 돌아온 이는 없었고, 결국 눈에는 보이지만 넘어갈 수 없는 선. 즉 균열선이란 이름이 붙게 된 것이다.

"저도 그 너머에 뭐가 있는지는 들어본 바 없습니다만 미스트라님께서는 혁준님께서 거길 넘어가야 한다고 말씀하셨습니다."

"거기에 그 왕의 신전인가 뭔가 하는 게 있다는 말이고?"

비세스는 고개를 끄덕였다. 혁준에게 좋지 않은 곳을 가야한다 말을 하려니 난감한 기분이었다. SSS급 육체를 지닌 강혁준이었다면 걱정하지 않았을 것이다. 그 괴수라면 용암 속에 집어던져도 안 죽을 것 같았으니까.

하지만 지금은 평범한 데빌의 육체다. 심히 불안하지 않을 수 없다. 그저 미스트라가 내린 명령이니 문제가 없으리라 믿는 것 밖에.

"좋아. 간단하게 여행준비를 해야겠군. 아공간 주머니도 없는데다 무구도 잃어버렸고, 게다가 이런 약한 몸이니… 설마 내가 뭉크 녀석에게 신세지게 될 줄은 몰랐는데 말이지."

애완동물처럼 여기던 뭉크가 자신의 목숨을 구했다. 균열선까지의 여정에도 큰 도움이 될 것이다.

"제가 옆에서 보좌하겠습니다."

비세스가 몸소 여행준비를 돕기 위해 혁준을 따라나섰다.

⚜

둘이 방을 나선 얼마 후 총독실 어두운 구석에서 희미하게 공기가 일렁였다. 감쪽같이 벽으로 위장하고 있던 은폐 장막이 허공으로 흩어졌다. 장막 너머에서 나타난 것은 한 덩치가 작은 데빌이었다.

상당한 훈련을 받은 첩자는 작은 기척도 없이 벽과 동화되어 있었다. 비세스도 강혁준도 전혀 눈치채지 못했다. 물론 과거의 강혁준이었다면 아무리 작은 기척이라도 결코 놓칠 리 없었다. 반신급에 달한 인지력은 머리카락만한 공기의 떨림도 감지해 낼테니까. 그 점을 누구보다 잘 아는 첩자가 작게 중얼거렸다.

"강혁준이 정말로 육체를 잃었다고…? 그 괴물이?"

기척을 최대한 죽이고 숨어있던 첩자는 생각에 잠긴 표정을 짓다가 곧 창문 밖으로 뛰쳐나갔다.

등에 매고 있던 장치를 작동시키자 박쥐를 연상시키는 피막 같은 날개가 펼쳐진다.

날개를 펴고 활강을 시작한 그는 곧 어둠에 녹아들었다. 어느 정도 안전지대에 이르자 허공을 가르던 첩자의 심장 고동이 미친 듯이 빨라졌다. 기대와 흥분이었다.

'이건 전대미문의 기회다!'

이런 최고급 정보를 건지는 일은 흔치 않다. 사실 첩자라는 것들은 어떤 목표를 가지고 정보를 수집하는 일보단 이렇게 죽치고 숨어서 좋은 정보가 굴러 들어오길 기다리는 일이 더 많은 법이었다.

별 기대 없이 일반적인 정보수집의 일환으로 총독실에 배치된 그였다. 성실하게 며칠 밤낮을 벽으로 위장하고 먹지도 자지도 않고 도청기 역할을 해낸 결과 이런 대박을 건진 것이다.

강혁준.

실질적으로 어비스 최강의 무력이자 1인 군대라 할 수 있다. 강혁준의 정보는 무엇이든 1급 정보였다. 화장실에서 무슨 휴지를 쓰는지만 알아내와도 허리가 휠만큼 금편을 받는다. 농담이 아닌 것이 강혁준이 워낙 강하다보니 어떤 첩자도 접근 할 수가 없다. 화장실까지 접근할 수 있다면 그야말로 초일류 첩보원이라 할 수 있다.

그런 강혁준이 어비스로 돌아온데다 육체를 잃었다는 엄청난 정보를 얻다니!

이만한 정보라면 조직 내에서 위치도 재고할 만 하다. 허구헌날 대기만 타는 말단 첩자질은 이제 신물이 났다.

즐거운 상상으로 첩자는 입에 귀에 걸린 채로 갈 길을 재촉했다.

Part 157 : 마도상점

나이펜드리아.

과거 네크로폴리스라 불리던 곳. 미친 사념체 릴리에 모든 주민이 살해당하고, 언데드만 우글대던 연옥과 같은 곳이었으나, 과거 강혁준에 의해 사념체와 언데드는 모두 파괴되었다.

이후 에머른에서 대규모 이주정책을 시행하여 지금은 수도 에머른의 위성도시가 되어 있다.

일종의 미친 마도공학자였던 사념체가 지배하던 곳이다보니, 마도공학의 유적이 많이 남아있다. 덕분에 마법을 좀 다룰 줄 안다고 자부하는 많은 데빌들은 이곳에서 유적을 연구하며 과거 마도공학을 부흥시키 위해 동분서주 중이다.

조슈아의 몸으로 되살아난 강혁준은 비세스와 함께 나이펜드리아를 관통하는 대로변을 걷고 있었다.

번화한 도시의 풍경은 혁준에게 격세지감을 느끼게 만들이 충분했다. 혁준의 기억에 이곳은 잘 죽지도 않는 언데드들과의 혈투만이 가득했던 장소였으니.

포석이 깔린 대로를 걷던 비세스가 입을 열었다.

"이 대로의 이름이 뭔지 아십니까?"

"이 길? 뭔데?"

"강혁준로(路) 입니다. 과거 저주받은 사념체와 언데들을 물리치며, 홀홀단신으로 혈로를 뚫고 마침내 이 곳을 해방시킨 어느 위대한 이를 기리기 위해 이름붙여졌죠."

듣다보니 자기 이야기다. 혁준이 얼굴을 찡그렸다.

"뭐야 그게? 사실 내가 특공조긴 했어도, 난 그 때 무려 오천이나 되는 군대를 끌고 왔다고… 게다가 특공조도 열 명이나 됐고."

"이야기는 와전되기 마련이죠. 군중은 언제나 영웅을 원하는 법입니다. 지금 혁준님이 여기 있는 걸 알면 나이펜드리아에 있는 시민들이 전부 발이라도 만져볼려고 다 몰려들걸요? 하하."

묘한 기분이었다. 두려움의 눈빛에는 익숙하다. 약자들의 기대에 찬 눈빛 또한 낯익다. 강혁준을 이길 수 있다 믿는 무리들은 모두 적이 되기 마련이었고, 그를 이길 수 없다고 생각한 무리들은 그를 이용하고 싶어 했다.

하지만 순수하게 존경이나 흠모만 보내는 자들은 전혀 익숙하지 않다. 수많은 전투로 이 땅에 에머른 제국을 만든 패왕이라고 할 수 있지만, 영웅담이란 원래 세상이 안정 되어야 퍼지기 마련이다.

혁준은 악신의 추종자들을 괴멸시키자마자 곧장 루카에게 모든 걸 맡겨놓고 지상으로 떠나 버렸다. 대부분의 시민들은 전쟁군주의 모습도 보기 전에 그를 잃은 셈이다.

전쟁이 끝나고 앞 다투어 혁준에게 절을 올리려 몰려간 시민들은 이미 그가 없다는 사실을 알고 황당해 할 수 밖에 없었다.

"아니, 집정관님은 어디 가신 거야?"

"몰라. 지상으로 떠나셨다는데?"

"엥? 그럼 누구를 찬양해야 되는 거야? 아무나 찬양하다가 나중에 경을 치는 거 아냐?"

"우리 같은 것들이 쉽게 좀 찬양하게 해줘야지. 그런 게 높으신 분들의 의무라고 의무."

결국 에머른 궁 앞에 몰려갔던 인파들은 혼란스러워하다 흩어질 수밖에 없었고 에머른 제국의 시민들에게 집정관인 혁준은 인상이 흐릴 수밖에 없었다.

필사적으로 머리 숙일 곳을 찾던 시민들의 눈에 띈 것은 2인자인 루카였다. 집정관의 아내니 만큼 뒷 걱정도 없다. 시민들은 그녀에게 절을 하고서야 안심하고 집으로 돌아갔다.

자연스럽게 에머른의 시민들은 루카를 최고 권력자로 생각하게 되었다.

그러나 집도 절도 없이 에머른 외곽에서 비참하게 살아가던 난민들에게 혁준은 네크로폴리스를 평정하고 나이펜드리아라는 집을 마련해준 영웅중의 영웅이었다.

물론 혁준은 그저 주전파의 숫자를 늘이고, 전쟁을 하기 위한 포석이었을 뿐이지만.

이런 잡담과 저런 생각들 사이를 오가는 사이, 둘은 상점지대로 진입했다. 마도공학의 메카라고 할 수 있는 나이펜드리아다 보니 이 곳은 상점가는 굉장히 유명하다. 상점가 입구부근에는 큰 나무판에 이렇게 쓰여 있었다.

[주의. 마도물품으로 인한 부상, 재해, 저주, 혹은 사망의 모든 책임은 구매자에 있습니다.]

무릇 시장이란 팔고 봐야 하는 법인데, 입구부터 구매

의욕이 딱 떨어지게 만드는 문구다.

혁준이 어이없는 얼굴로 중얼거렸다.

"물건을 파는 놈들이 시작부터 저런 말을 해? 어떤 멍청한 놈 아이디어야 저거?"

"그게…."

갑자기 비세스가 난감한 듯 몸을 비비꼰다. 혁준이 자세히 보니 문구 아래에 서명이 적혀 있었다.

[알리는 자 – 나이펜드리아 총독 비세스]

다름 아닌 옆에 있는 비세스가 적어논 말. 혁준이 빤히 쳐다보자 약간 얼굴이 붉어진 비세스가 재빨리 변명을 하기 시작한다.

"아니 관련소송이 너무 많아서… 저도 업무가 많단 말입니다."

제대로 사용법도 모르는 유물을 마구잡이로 팔아먹다보니 문제가 안 생길수가 있나.

진지하게 마도공학에 전진하는 학자들도 많았지만, 주워든 물건이 뭔지도 모르고 팔아먹는 얼치기들도 많다보니, 별의 별 사고가 다 터졌다.

자연히 공권력에 호소하는 일이 잦았고, 시장이 커지면서 상소도 늘어났다. 총독이던 비세스는 업무가 마비될 지경에 이르자 아예 강제로 구매자에 모든 책임을 전가시켜

버렸다.

"그… 그게 얼핏 보면 책임전가에 업무회피처럼 보이지만 그게 사실은… 저는 성실한 관료입니다!"

마지막은 거의 외침에 가까웠다. 약간 앞뒤가 이상한 문장이 되어버렸지만.

혁준의 지위는 어쨌든 집정관이다. 총독 정도야 의원들이 뭐라 하던 손가락 하나로 갈아치울 수 있다. 지금은 자기 몸이 아니니 당장은 괜찮겠지만 나중에 경을 칠지도 모른다.

눈치를 슬슬 보는 비세스를 눈치챈 혁준이 쓰게 웃었다. 아무래도 상관 보는 앞에서 실수를 한 기분인가본데.

"아 난 뭐 별로 관심 없으니까 신경쓰지 마."

'…어떻게 신경을 안 쓰냐고요!'

진짜로 혁준은 관심이 없었다. 이놈의 어비스를 통일하는데 전쟁보다 힘들었던 건 서류업무다. 완전 무골인데다 권력자체에는 별로 관심이 없는 그에게 산처럼 쌓인 서류 뭉치는 무슨 데몬 떼거리로 보였으니.

수하들이 통치를 어떻게 하던, 제발 귀찮게만 하지 말아달라는 게 솔직한 심정이었다. 게다가 약간의 문제가 있다 해도 이만하면 도시는 활기차고 훌륭하지 않은가?

자신이 통치한다 해도 이 정도 수준으로 만들어놓기는

어렵겠다는게 솔직한 심정이었다.

"쓸데없는 걱정 그만하고 들어가지. 쓸 만한 무기도 필요하고, 보급품도 준비해야 하니."

"데려온 데몬을 타고 가시면 안 됩니까? 그거 날 수도 있는 것 같던데? 그거면 바로 균열선까지 날아갈 수 있지 않습니까?"

비세스가 혁준의 영혼을 가지고 온 뭉크 이야기를 꺼냈다.

"안 돼. 뭉크는 그냥 데몬으로 보이니까. 가는 도중에 추종자 떨거지나 에머른 수비대에 요격 당할지도 몰라. 게다가 데빌들은 내가 강혁준이란 걸 모른다. 뭉크녀석이나 나나 전과는 모습이 달라졌으니."

평범한 데빌의 몸이 된 지금, 하늘을 가로질러 간다는 선택은 위험하다. 전쟁은 끝났지만 악신의 추종자의 잔당들은 곳곳에서 게릴라전을 펴고 있고, 군부는 혹시 모를 내부의 적과 외부의 잔당소탕으로 신경이 날카로울 대로 날카롭다.

이런 시국에 하늘을 날아가는 정체모를 데빌과 데몬은 양쪽 모두에서 적으로 간주 당하기 딱 좋다.

거기서 자신이 강혁준이며 에머른의 최고지도자인 집정관이라고 밝히면, 수비대장은 고개를 끄덕이며 훌륭한

정신질환자의 표본이라 칭찬한 다음, 목을 치라고 하겠
지.

그래서 되도록 국경수비대와 잔당들의 출몰지역을 피해
가며 황무지나, 산길 등 육로를 이용할 예정이었다. 물론
가는 길에 야생 데몬이나 소규모 데빌부락과 조우 할 확률
이 있지만, 그 정도는 준비를 잘한다면 처리 할 수 있으리
란 계산이었다.

✦

상점가의 한 마도물품점. 나무로 된 상점 간판에는 '단
진의 언아이덴티파이드 머티리얼(Unidentified
Material)'이란 문구가 덜렁거린다.

일반적으로 마도공학상점은 자신들이 연구 끝에 효과를
밝힌 물품을 파는 게 보통이나, 이렇게 아예 나는 어떻게
될지 모르니 사가서 써보시던가 (물론 책임은 안 진다.) 라
는, 상당히 도박하는 기분을 느끼게 해주는 상점도 존재한
다.

마음에 드는 물건을 찾아 이리 저리 상점가를 뒤지던 둘
은 이 특이한 상점 앞에서 발을 멈췄다.

주인으로 보이는 데빌 하나가 큰 소리로 호객행위를 한다.

이상한 투구를 뒤집어써서 눈만 겨우 내 놓은 모양새가 한눈에도 수상하다.

"어서 옵셔! 진기한 마도물품을 찾으십니까? 위력적인 마도무기를 찾으십니까? 써보기 전엔 모릅니다만… 이 단진이 확실한 효과를 보증합니다! 절대 꽝은 없습니다!"

"……."

뭔가 상당히 앞뒤가 안 맞는 이야기다. 써보기 전에는 모르지만 효과는 보증한다니.

상점 좌판에는 팔찌, 책, 크고 작은 표도나 유엽비도들, 투구에서 플라스크에 든 정체모를 액체까지 별의 별 물건들이 죽 늘어져 있다.

좌판 뿐 아니라 벽에도 온통 물건들 천지다.

대부분 유물이다 보니, 낡고 먼지투성이에 세월의 무게가 느껴지는 오래된 디자인이다.

무골인 혁준은 우선 무기에 먼저 손이 갔다. 애병이던 프르가라흐는 소실 상태다. 미스트라가 천사들과 싸울 때, 들고 산화했다고 하는데 그 이후 행방은 모른다. 아마 천사들이 가져갔을 가능성이 높다.

프르가라흐 같은 전설급 무구야 기대하기 어렵겠지만 어쨌든 무기가 필요하다.

상점 벽에는 도, 검, 창, 궁, 극, 곤, 편에 이르기까지 다양한 무구들이 벽에 걸려 있었다.

혁준이 가장 좋아하는 무기는 검이다. 혁준의 고유 특성인 전투지능은 A급 패시브답게 모든 무기를 기본적으로 능통하게 사용 할 수 있게 한다.

비록 몸이 바뀌었지만 싸움에 대한 경험은 기억에 각인되는 법. 그는 지금도 어떤 무기든 다룰 수 있음을 느꼈다.

'그래도 역시 검이 좋지.'

벽에 걸린 검중 하나에 손을 뻗는다. 두 자가 넘는 길이의 칼몸에 날은 한쪽으로만 갈려 있고 반대편은 상어의 이빨처럼 홈이 파여 있다. 흔히 소드브레이커라고 부르는 다른 검을 부수는 검이다.

'오랜 만에 보는데?'

이런 검을 사용하던 동료가 있었다. 아니 있었다는 기억이 있다. 과거의 기억은 단지 심어진 것에 불과하다. 회귀전의 기억이 분명 있건만, 자신이 회귀전에 사람으로 살긴 살았는지도 불분명하다.

약간 기분이 더러워지려는 찰나에 갑자기 눈앞에 뭔가 홀로그램 같은 게 떠올랐다.

'뭐지 이건?'

홀로그램판은 검 주위를 따라 이리저리 움직인다. 떠오른

홀로그램은 검에 대한 설명이었다.

[제품번호 2055FF36 / 분류 : 제 21 연구소 마도물품. 도검류 3급 / 이름 : 고유이름이 지정되지 않았습니다.]

[특징 : 21% 효율로 경도가 강화되었습니다. 세라믹 검날을 사용하여 날카로움이 최저 77% 효율을 유지합니다.]

[기능 : 손바닥을 통해 피를 흡수하고 사용자의 근력을 높여 줍니다. 오래 사용시 과다출혈로 사망할 수 있습니다. 주의를 요합니다.]

[사용법 : '전투개시' 라고 육성으로 발음해 주십시오. 사용을 끝 낼 때는 '전투종료' 라고 육성으로 발음해 주십시오.]

[사용자 권한등급 : 등급이 지정되지 않았습니다]

자세하기도 한 설명이다. 언아이덴티파이드라더니 이만하면 설명서 첨부가 아닌가? 강혁준은 약간 어이없이 말했다.

"효과를 모른다더니 잘 설명되어 있잖아?"

"예? 무슨 말씀이신지?"

"이거 안보여? 설명이 다 되어 있구만."

비세스가 어리둥절한 얼굴로 강혁준을 바라보았다. 그의

눈에는 약간 해괴한 검 말고는 아무것도 보이지 않았으니까.

"잠깐? 이거 나만 보이는 거야?"

Part 158 : 발굴지

얼빵한 표정의 비세스를 보니 아무래도 자신만 보이는 모양이었다. 흘끗 보니, 상점주인은 지나가던 호구 하나를 물었는지 입에 침을 튀며, 뭔가를 설명하고 있다.

'뭐지? 왜 나한테만 이런 게 보이는 걸까?'

"…혹시 뭔가 보이십니까?"

"아아… 이 검에 대한 설명 같은 게 보이는군. 사용법이며 등급? 뭐 그런 게 나오는데. 보아하니 나한테만 보이는 모양이야."

비세스의 얼굴이 새파래졌다.

"엄청나군요. 이것 하나 식별하려면 저기 모인 얼치기

마도사란 작자들이 서너 달씩 별의 별 실험을 다 해봐야 하는데 말입니다. 어쩌다 알아내면 부르는 게 값이죠. 그나마도 대단치 않은 물건이나 식별해 내지만요."

"재미있는데? 어디 설명대로 작동하는지 실험해보자고. 전투개시."

혁준은 상점주인에게 들키지 않게 나지막하게 시동어를 읊조렸다.

순간 검의 손잡이 부분에서 가느다란 대롱같은 게 튀어나왔다. 날카로운 대롱의 끝부분은 뱀처럼 움직이더니 손바닥을 파고들었다. 순식간에 손목부근까지 뚫고 들어간 대롱은 혈관에서 피를 빨아올리기 시작했다.

'신기하게 통증은 없군.'

피가 빨려나가면서 차가운 기운이 느껴지긴 했지만 아프다는 느낌은 없었다. 어느 정도 피가 빨려나가자 검으로부터 따뜻한 기운이 되돌아오는 게 느껴졌다.

〈근력이 증가합니다. 검을 쥐고 있는 동안 평균 71%의 근력증가 효과를 받게 됩니다.〉

검으로부터 의지가 전달되어 왔다. 마치 머릿속에서 목소리가 울리는 느낌이었다.

혁준은 가볍게 검을 휘둘러보았다. 한 팔로 휘두르는데도 공기를 가르는 소리가 예사롭지 않았다. 확실히 힘이 강해진 것이 느껴진다. 몇 번 휘둘러 효과를 확인한 혁준은 전투종료선언으로 검을 원래대로 되돌린 뒤 다시 벽에 걸었다.

그 광경을 토끼눈으로 구경하던 비세스가 속삭이듯 말했다.

"허… 대단하군요. 여깃는 유물들을 사다가 식별장사만 해도 금편으로 산을 쌓겠습니다."

"멍청하군. 그런 짓하면 시선만 끌 뿐이야. 넌 데빌인 주제에 인간인 나보다 욕심에 대해 무지하군. 지금은 티내지 말고 쓸 만한 물건을 챙기는 게 상수다."

손만 대도 아이덴티파이 할 수 있는 능력. 이런 게 있다는 걸 알게 되면, 저들이 가만히 있을 리가 없다. 처음엔 같이 사업하자는 둥, 이익을 나누자는 둥 귀찮게 굴다가, 수 틀리면 협박이나 납치 따위를 생각 할 게 뻔하다. 욕심과 관련된 일이라면 신물나게 겪은 혁준이었다. 욕심에 관한 인간의 반응이나 데빌의 반응이나 별반 다를 게 없다. 악신의 창조물이든 아우터 갓의 창조물이든 그런 점은 왜 비슷한걸까.

그것보다 혁준의 마음에 걸리는 것은 따로 있었다.

언데드만 득실대던 이곳에서 피로 작동하는 물건은 왜 만든 걸까? 피는 생명의 상징이다. 뱀파이어가 언데드

중의 언데드라 불리는 것은 피를 통해 영생을 구가하기 때문이다. 하지만 그런 어둠의 권속도 자신의 혈액은 없다.

'뭐 지금 중요한 일은 아니지. 것보단 좋은 무구를 찾는 게 우선이다.'

혁준은 벽에 걸린 무구들을 하나씩 만져 보았다. 손을 가져다 대는 것만으로 마찬가지로 아이템이 가진 능력이나 특성이 떠올랐다. 웃기는 점은 물건 중에는 아무 능력도 없는 일반 무구도 섞여 있었던 것.

'꽝은 없다더니?'

역시 장사꾼 말은 믿을 게 못된다. 혁준은 쓴 웃음을 지으며, 계속 무기들을 탐색해 보았다.

무구들의 능력은 천차만별이었다. 오직 전투에 적합하도록 하나의 목적을 가지고 만든 물건이 아니라 마치 장난삼아 만들어본 듯 전혀 쓸모없는 능력이나 심지어 발동하면 자기 목숨만 위험한 물건도 있었다.

[제품번호 1022S3 – 도검류 5급 데스블링거???]

[기능 : 발동하면 가사 상태가 되어 완벽하게 죽은 척 할 수 있습니다. 설령 신이라도 당신이 죽었다고 판단 할 것입니다. 단 50%확률로 실제로 죽습니다. 절체절명에서만 사용하세요.]

"……."

거창한 이름 끝에 붙은 물음표가 포인트인 듯하다. 혁준은 가볍게 한숨을 쉬었다. 생각보다 대단치 않은 물건들뿐이었다. 다른 건 없는지 두리번거리던 중에 뭔가가 눈에 들어왔다.

장식장이 아닌 구석에 세워둔 검. 쌓인 먼지로 봐선 거기 있었는지 오래되었다.

일견 투박해 보이는 검이었다. 별다른 장식은 없고 실용성만 챙긴 모양새로 살짝 좁은 검폭이 유려했다.

[제품번호 R33 / 분류 : 칼텍공방 마도물품. 도검류 네임드 급 / 고유명칭이 부과되었습니다. 칼텍의 진동검(Caltech product- oscillation sword)]

[특징 : 기능 활성화시 2600% 효율로 경도가 강화됩니다.]

[기능 :

진동 절삭(vibration cutting) : 절삭력이 1200% 증가했습니다.

공명 (Resonance) : 검과 닿은 구조체를 파괴합니다.

감쇠 진동(damped oscillation) : 사용자를 일정충격으로부터 보호합니다.]

[사용법 : 그냥 휘두르세요. 단 마력을 소모합니다.]

[사용자 권한등급 : 관리자(Admin) 이상 사용가능합니다.]

"괜찮군 이거. 근데 관리자급 이상이라고?"

대부분은 권한등급이 지정되어 있지 않은 평범한 무구들이었는데 이건 다르다.

대체 뭘 기준으로 등급을 나눈 것인지, 자신이 어떤 등급인지도 알 수가 없다. 일단 시도나 해보자는 심정으로 혁준은 검을 손에 쥔 채 가볍게 마력을 흘려 넣어보았다.

순간 머릿속에 검의 의지가 전달되어왔다.

[최고 관리자 (Priority 1 Admin) 등급이 인증되었습니다! 기능이 활성화 됩니다.]

우우우웅 –

맹수의 낮은 울음소리 같은 공진음이 검에서 흘러나온다. 그대로 길 가에 비치된 조각상에 꽂아 넣었다. 불꽃이 튀면서 검은 마치 푸딩 가르듯 대리석 조각을 파고들었다. 그 뿐 아니다.

쩌적.

돌이 갈라지는 소리와 함께 놀랍게도 조각상은 그대로 수천 조각의 파편이 되어 우르르 무너져 버렸다.

"쓸만하군."

혁준은 만족스러운 미소를 지었다. 이 정도면 두터운

껍질이나 갑주로 보호된 적을 상대하는데 유용 할 것이다. 압도적인 무력을 잃은 지금 템빨은 과거보다 상당히 중요한 요소가 되었다. 균열선까지 가는 동안 모르긴 몰라도 전투가 꽤 있을 것이다. 최대한 대비를 해둬야 한다.

"아이고 손님! 지금 그게 무슨!"

석상 하나를 가루로 만들었는데 소리가 작을 리 없다. 상점주인이 대번에 상황을 파악하고 달려온 것이다. 바닥에 흩어진 돌무더기를 보던 상점주인 단진의 목소리에 탐욕이 어리기 시작했다.

'저게 저런 엄청난 검이었나? 얼마 부르지? 천만? 아니 천오백만? 아냐 잠깐 진정해!'

평생 성실하게 손님을 등쳐먹으며 살아온 것에 자부심을 가진 단진이었다. 일생일대의 기회에서 제대로 골수까지 핥지 않으면, 평생 자신에게 부끄러워 고개를 들지 못하리라!

"아이고 죄송합니다! 손님 그건 파는 물건이 아닌뎁쇼. 아주아주 귀한 물건인지라 이미 예약이 되어 있습니다요!"

'아주 놀고 있구만…'

무슨 생각을 하는지 빤히 보이는 개수작이다. 매대도 아닌 구석탱이에 먼지 쌓이게 놔둔 물건이 예약품이라고? 뭐라고 떠들어 대는지 궁금해진 혁준은 말없이 상점주인을 바라보았다.

"원래 저희는 손님들의 즐거움을 위해 식별 안 된 물건만 취급하는데 고건 저희 가게에서 유일하게 식별이 된 물건입지요! 워낙 대단한 물건이라 선뜻 사겠다는 분이 없었는데 최근에 어느 높으신 분이 계약금까지 걸고 가신 물건입니다요. 물론 꼭 못 팔겠다는 건 아닙니다만…."

말끝을 흐리면서 눈치를 살살 본다. 돈만 내면 가져 갈 수는 있는데 얼마까지 내려나 간을 보는 폼새였다.

"비세스 총독."

"넵!"

혁준의 입에서 총독이란 말이 나오자 주인이 움찔했다. 돈푼은 있어 보인다고 생각했지만 저 자가 여기 총독이라고? 비세스를 부른 혁준이 입가에 미소를 띄고 말했다.

"만약에 말이야… 어떤 정신 나간 상인이 식별 안 된 유물 사이에 아무 능력도 없는 일반 물건을 몰래 섞어 팔다 걸리면 자넨 총독으로써 어떻게 처리 할 건가?"

상점주인의 움찔거림이 심해졌다. 이제는 얼핏 봐도 당황 하는 게 눈에 보였다.

"실수인지 고의인지 확실히 조사한 다음 공연히 사기를 벌이려 했다면, 양 손을 잘라내고 눈알을 파낸 다음 상점 입구에 매달아 놓아야지요."

"호오? 어째서 그런가?"

"도적질을 했으니 손을 잘라야하고, 보는 눈이 없다고 비웃었으니 눈알을 파내야지요. 그리고 이 도시의 신용을 떨어트렸으니 당연히 입구에 매달아야 하는 것 아니겠습니까?"

"과연 과연. 훌륭한 총독의 표본이군."

이제 상점주인은 본격적으로 벌벌 떨기 시작했다. 자기도 모르게 비척비척 뒤로 물러난다. 강혁준은 걸음을 내딛어 주인 앞에 바싹 다가붙었다.

"그래서 이 검이 얼마라고?"

"그게… 아니… 저어….

"1크론에 사지. 싫으면 할 수 없고. 근데… 나중에 좋은 거래 놓쳤다고 후회하진 마라."

"그런 말도 안 되는…."

괴로워하던 상점주인은 결국 고개를 떨구었다.

혁준은 주머니에서 동전을 꺼내 손수 상점주인의 앞섶에 넣어주고는 어깨를 도닥였다.

"아주 좋은 거래였네. 근데 말이야. 큰 거 하나 팔아 줬으니 잡화 몇 개 챙겨주는 서비스정신을 기대해 봐도 되겠지?"

울상이 된 상점 주인 앞에서 혁준은 룰루랄라 검집과 가죽으로 된 백팩, 거기다 밧줄이며 신발 따위를 주섬주섬

챙기기 시작했다.

상점주인 단진은 나라 잃은 독립운동가의 기분을 알 수 있다고 믿게 되었다.

"이제 가볼까."

물건을 챙긴 혁준이 걷기 시작했다. 비세스가 황망히 뒤를 따랐다.

"어디로 가십니까? 돌아가는 길은 저 쪽입니다만."

"좀 알아보고 싶은 게 있어서. 우선 전에 사념체를 해치웠던 곳으로 간다."

"예? 발굴지로 가신다구요?"

과거 이곳을 지배하던 사념체가 파괴 된 후, 도시는 에머른에 복속되었다. 이주정책이 시작되고 도시를 조사하던 구획담당자가 이상한 것을 발견했다. 땅 속 깊은 곳에서 마도연구소가 발견 된 것이다.

연구소는 하나만 존재하는 게 아니었다. 개미굴처럼 이어진 지하도시에는 수많은 연구소들이 존재했고, 거기서 마도공학품들이 쏟아져 나왔다.

"발굴지는 위험합니다. 아직까지 정리 되지 않은 구역에서는 정체 모를 마도 생물이 튀어나오는데다 허가받은 발굴팀 말고도 도굴범도 있고 함정도 천지 입니다. 솔직히 말해… 거긴 그냥 던전이랑 다를 게 없습니다."

"그래도 가야되."

"어째선지요?"

"궁금하거든."

혁준은 더 이상 설명하지 않고 걸음을 옮겼다. 비스세는 뭐가 뭔지 알 수 없었지만 더 이상 반대하지 않고 뒤를 따랐다. 자신에 찬 혁준의 모습을 보니 뭔가 있으리라 믿을 수밖에 없었다.

발굴지는 나이펜드라이의 중심부에 위치하고 있었다. 과거에는 네크로폴리스의 성이 있던 지역이지만 지금은 그냥 발굴지로 불린다.

발굴이 이뤄지던 중 내부에서 위험한 마도생물이 튀어나온 후로부터 시민 안전을 위해 방벽이 세워진 상태였다. 외부와 차단된 방벽은 하나의 입구만 가지고 있으며 주둔 병력이 입구를 지키고 있었다.

입구를 통과하는 일은 간단했다. 경비대장은 총독의 얼굴을 알아보고 곧바로 입구를 열어주었다.

하지만 총독과 동행한 남자가 혼자 들어가겠다고 했을 때는 좀 의아해 하는 반응을 보였다.

"여기서부턴 혼자 가겠다. 너는 관저로 돌아가서 기다려, 볼 일 끝나면 돌아갈테니."

비세스가 놀란 표정으로 간곡하게 말했다.

"위험합니다. 그럼 여기 있는 경비병력 이라도 차출해서 호위로 쓰십시오."

경비대장은 바로 일그러졌다. 말이 좋아 발굴이지 무슨 노인네들이나 좋아할만한 유적지 탐사가 아니다. 발굴팀은 차라리 던전을 공략하는 모험가들에 가깝다. 최소 다섯 이상의 경력 있는 모험가에 마도공학자를 끼어서 들어가는 것이 관례였다. 그래도 재수 없으면 유물대신 시체나 가져 나오는 일도 비일비재다.

'뭐하는 도련님인지 덕분에 내가 관짝에 들어가게 생겼군. 올해 횡액 맞을 일이 있을 거라더니 씨발 오늘이 그 날인가.'

Part 159 : 발굴지(2)

'아 씨x….'

교대시간 거의 다 됐는데.

조금만 버티면 다음 교대가 온다.

그러면 이 재수 없는 상황을 떠넘기고 튀면 된다.

그리고 늘 가던 맥주가게에서 시원하게 생맥주나 들이키
는 거다.

이곳을 지키는 일을 몇 달째 해왔다. 하지만 안에는 몇
번 들어가 본 적이 없다.

가끔 숨이 턱에 차서 다친 사람이 있으니 도와달라는 요
청이 들어온다.

그것도 입구 근처에서다. 애초에 깊은 곳에서 발이 묶이면 버리고 오는 게 관례다. 안 그러면 다 죽으니까.

수완 좋은 치들은 그런 요청도 없다.

얼치기들이나 안에서 트랩을 잘 못 건드리거나 잡지도 못할 괴물들의 어그로를 끌곤 한다.

주제파악을 해야지. 나처럼 말이야. 그래야 오래 산다구.

그래도 놈들을 구해주는 건 좋은 일이다. 선행이라서? 아니 그건 아니고, 도와주고 나면 몇 푼이라도 뜯어낼 수 있으니까.

괴물들은 지상까진 잘 올라오지 않는다. 경비대 체면도 살리고, 부수입도 생기고, 위험도는 낮은 일석 삼조의 알바다.

최근에는 이 미담을 들은 높은 분한테 표창까지 받았다. 덕분에 경비대장 자리도 꿰찼지. 흐흐.

이런 평탄한 경비대 인생에 문제가 생겼다. 뭐하는 분인지, 도련님 하나가 저 안에 들어간단다.

지위가 높은 분인가 보다. 무려 총독이 쩔쩔맨다. 그렇게 높은 분이면 개인 호위대는 거느리고 와야 할 것 아냐!

그 덕에 꼼짝없이 저기 끌려가게 생겼다.

경력있는 모험가들이나 들어가는 곳에.

어디보자, 우리 경비대 애들이 칼질을 좀 하던가? 몇 명의 이름이 머리를 스쳐지나갔다. 그래봐야 잡졸이다. 그나마 꼬박꼬박 훈련에 참가하는 건 나 정도다.

"호위는 필요 없다. 혼자 가겠다."

근데 난데없이 도련님이 이쁜 소릴 한다.

옳지! 혼자 가신다구? 그래그래 남자는 가오지! 보기보다 한가닥하시는 분이었구만! 잘 보니 얼굴도 잘 생겼네.

들고 있는 칼을 보니, 안에서 '발굴' 한 물건이다. 경비대 일을 오래 하다 보니, 딱 봐도 안다. 저거 엄청 비싼 물건이겠지? 그런 걸 들고 있는 거 보니 넌 분명 엄청 쎌 거야. 고럼고럼 엄청 쎄고 말고. 우리 같은 잡병들이 따라가봐야 방해만 될 거야 그지?

나도 모르게 고개까지 끄덕이고 있었다. 그런데 도련님이 날 빤히 쳐다본다.

뭐지? 불길하다.

"호위는 필요 없지만, 안내원은 필요하군. 저거 하나만 데려가겠다."

저거? 저거가 누군데! 현실을 부정하고 싶었지만 턱 끝의 미묘한 각도나 눈빛을 봐선 확실히 나다. 젠장할 놈! 급살맞을 놈! 어째서 날….

"헤헤 나리. 저는 일개 병졸이라 저 안의 지리 같은 건 잘 모르는뎁쇼."

최대한 비굴하게 고개를 숙여보았다. 뭐 거짓말은 아니다. 지하 던전이 시작되는 저층구역에나 가봤을까 그 뒤는 정말 모르니까.

"음? 자네가 그 친군 아닌가? 안에서 다친 사람들을 그렇게 구해냈다는?"

'이런 젠장!'

일이 꼬였다. 총독이 가슴팍에 달고 있던 휘장을 본 것이다. 표창 받을 때 걸어 준 건데, 폼 난다고 달고 다닌 것이다.

'그러니까 제가 말입니다! 저 친구 구한다고 저 깊은 던전에서 괴물들과 사투 끝에 겨우겨우…'

좋은 일 했는데 어떠라는 심정으로 뻥도 좀 쳤다. 근데 그게 화근이 될 줄이야. 이젠 빼도박도 못한다.

저 치들 눈엔 검 한 자루 들고, 위기에 빠진 발굴단을 구출해 낸 영웅적인 경비대장인 것이다.

결국 어색한 미소를 지으며, 장비를 챙겨 들 수밖에 없었다.

'빌어먹을! 안내원이 아니라 짐꾼이 필요했던 거 아냐?'

어깨가 내려앉을 만큼 짐을 든 녹스는 속으로 있는 대로 불평을 늘어놓았다.

발굴지는 넓고 깊다. 최초의 조사원이 성 내부에서 지하로 가는 입구를 열었을 때, 1층 구역을 조사하는데만도 하루 밤낮이 걸렸다.

여길 들어갈 때는 며칠 먹을 식량과 야영도구, 밤에 혹시 습격할 괴물까지 대비한 알람장치까지 챙겨가는 법이다.

근데 이 도련님은 뭘 하러 들어온 건지 단촐하게 챙겨온 배낭에 식량도 하나 없었다.

결국 건량이나 잡다한 도구를 모조리 자신이 운반하고 있었다.

'어차피 괴물이랑 조우하면 곧 도망치겠지만….'

이곳 상층부분에 돌아다니는 괴물은 그나마 상대할 만하다.

깊이 내려갈수록 더 강한 괴물이 나온다!

발굴지는 이런 상식적인 부분이 잘 지켜지는 모범적인 던전형식이다. 이 도련님이 얼마나 강할지는 모르겠지만 혼자서는 어차피 금방 한계에 부딪친다.

괴물과 칼을 맞대보고 나면, 이 해괴한 유람은 포기하고 곧 돌아가자고 할 것이다.

녹스는 자신의 검을 바라보았다. 상층부를 돌아다니는 마도 생물들은 보통 혼자 돌아다닌다. 저 도련님이 어느 정도 도움이 될지는 모르지만 일단 없는 병력으로 생각하는 게 옳다.

'제발 한 마리만 와라. 혼자서 죽이진 못해도 어떻게 쫓아낼 수는 있겠지.'

그 뒤에는 봐라! 얼마나 위험한지 알겠냐!는 식으로 다그치면 된다. 만약 최악의 상황에는….

'최악의 상황에는 버리고 도망갈까?'

충분히 가능하다. 몸에 상처 좀 내고, 괴물습격에 죽을 뻔하다가 겨우 목숨만 건졌다고 하면 된다.

같이 간 도련님은 안타깝게도 목숨을 잃었다고 보고하면 그만이다.

하지만 싫다. 귀찮은 일 싫어하고, 위험한 일 잘 피해다니며 살았지만 비겁하게 살진 않았다. 경비대에 몸 담은지가 벌써 십 년이다. 근속휘장도 멀지 않았다. 자존심이 있지 이런 데서 혼자 살겠다고 동료를 버리진 않는다.

'운 좋은 줄 아쇼. 도련님! 내가 어떻게든 살려서 돌려보내줄테니.'

혁준이 알았다면 상당히 어이없어 할 생각을 하고 있을 때쯤 둘은 1층 입구에 도달했다.

발굴지 내부는 의외로 밝았다. 통로마다 스스로 빛을 내는 광마석들이 가로등처럼 연결되어 있었다.

원래 던전으로 만들어진 곳이 아니다. 지하 연구소라는 개념에 가깝다.

이상한 점은 사념체와 언데드들이 만든 곳임에도 불구하고 마치 사람이 사용하라고 만든 것처럼 조명에도 신경을 썼다는 점이다.

"환기시설도 완벽하게 되어 있습죠."

자기가 만든 것도 아닌데 녹스가 자랑스럽게 말했다. 하지만 그도 공기도 필요 없는 것들이 왜 환기시설을 만든 건지는 설명하지 못했다.

1층은 거의 모든 곳이 발굴이 끝난 상태였다. 군데군데 깨진 광마석들 때문에 어둠이 고여있거나, 세월의 무게를 못이겨 무너진 통로 몇 군데를 제외하고는 상태도 나쁘지 않았다.

"여기 지도 같은 건 없나?"

혁준이 물었다. 녹스가 품에서 양피지를 한 장 꺼내들었다.

"지도라기 부르긴 좀 조악한 물건입니다만… 발굴대들이 가져온 정보를 합쳐서 대충 그린 것입니다."

말 그대로 지도라 하긴 어렵다. 러프하게 그려진 지도는 조잡했고, 전체적인 모양새만 겨우 잡힌 수준이이었다.

발굴지는 거대한 중앙통로를 기준으로 나무뿌리처럼 사방으로 통로와 연구소가 연결된 모양이었다.

가봐야 할 곳은 얼핏 봐도 수십 개. 하나하나 찾아 다닐 수도 있지만 시간이 너무 소모된다.

하지만 혁준에게 짚이는 게 있었다.

"혹시 이 중에서 특이하게 방어가 견고한 방이 있다거나, 규모는 크지만 이상하게 접근이 불가한 지역이 있나?"

'내가 발굴대도 아니고 그걸 어찌 아냐고….'

녹스는 속으로 투덜거렸다. 그런데 순간 머리에 스치는 것이 있었다. 안에 들어갔던 사람들이 풀어놓는 무용담 중에 몇 번 반복해서 귀에 들어온 이야기다.

통칭 문(門) 아직까지 무엇하나 밝혀지지 않은 방의 입구다. 뭔가 대단한 마도물품들이 잔뜩 있을 것 같지만 도무지 들어갈 수가 없다.

'록켈르 애들도 실패했다더군. 뭐긴 뭐야 그 방말이야. 준비 단단히 해서 간 모양인데 체면만 구겼지 킬킬.'

'분명 그 안에 돈 될 만한 게 엄청 있을 텐데. 아깝단 말야. 열 수만 있으면 대박일 텐데!'

소문에 따르면 그 문은 물리적으로도 파괴할 수 없고,

마법적으로도 해각이 불가능하다. 오히려 술자에게 역침식을 시도하는 위험한 문짝이다.

"3층 중앙통로 끝에 이상한 문짝이 하나 있긴 합니다만…."

녹스의 설명을 들은 혁준이 고개를 끄덕였다.

"좋아 거기로 간다."

"예? 하지만 거긴 지하 3층이란 말입니다. 둘이서 거길 가잔 말입니까? 지금 제정신…."

스르릉—

살을 에는 소리와 함께 검이 뽑혀나온다. 혁준이 진동검을 뽑아 든 것이다. 그걸 본 녹스가 새파랗게 질려서 뒷걸음질 쳤다.

"가… 가면 되잖아요! 진정하십쇼!"

이런 미친놈. 그렇다고 바로 검을 뽑아드냐! 녹스가 이런 생각을 하는 순간 등 뒤에서 뭔가가 훅 날아들었다.

그와 동시의 혁준의 검이 빛살처럼 찔러 들어왔다.

콰드득!

뼈나 살이 아닌 금속이 부서지는 소리가 나며 뭔가가 바닥에 후두둑 떨어졌다. 기겁을 하고 주저앉은 녹스가 손으로 파편을 가르켰다.

"마… 마도 생물입니다!"

흔히 발굴지의 괴물로 불리는 마도생물. 죽은 녀석은 1층에서 흔히 볼 수 있는 개의 모양새를 한 마도생물이었다. 혁준이 흥미로워하며 시체에 다가서는 순간 눈앞에 메시지가 떠올랐다.

[마도견 처치! 경험치가 오릅니다. +15XP 다음레벨까지 65XP 남았습니다.]

"뭐?"

뭔가 낯설고도 익숙한 장면이다. 각성? 조금 다르다. 정수는 없지만 경험치가 오른다.

적을 죽이고 정수를 먹어치우고 능력을 올리는 게 각성이다. 하지만 그건 인간의 능력이다. 데빌은 각성할 수 없다. 인간의 각성은 데빌과 데몬을 죽이려 만든 아우터 갓의 권능이니까.

마치 각성을 적당히 베껴만든 것 같은 이건….

"이것들은 약하지만 숫자가 많습니다. 이놈은 그냥 척후고 곧 있으면 더 몰려 올 겁니다. 지금이라도 후퇴하는 게…."

파괴된 마도견의 신체구조는 기이했다. 금속과 생체조직이 뒤섞여 있다. 어비스 주민과 달리 기계문명에 익숙한 혁준은 한 눈에 알 수 있었다. 생물과 기계의 하이브리드다 이건.

얼핏봐선 데몬과 기계를 섞어서 만든 생물 같다.

잠시 마도견을 살펴보던 혁준이 툭 내뱉었다.

"전진한다."

"예? 하지만 괴물이….."

"그게 필요해 지금."

뭔지 모르겠지만 이건 새로운 기회다. 혁준은 처음 회귀하고 이 땅으로 돌아왔을 때와 같은 기대감을 느끼고 있었다.

악신들의 가호를 받고, 그들의 힘을 이용해서 지상으로 나간다는 계획에는 사실 큰 허점이 있다.

힘의 주체가 악신에서 오는 거라면, 자신이 아우터 갓의 도구로 사용되던 때와 다르지 않다.

어떤 식으로 이용당하다 버려질지 모른다. 그런 리스크를 지고 얻는 힘보단 스스로 강해질 필요가 있었다.

혁준은 검에 마나를 불어넣었다.

웅─.

공기를 찢어내는 낮은 파공음과 함께 검이 진동하기 시작했다.

그대로 벽을 따라 검을 긁어내린다. 불꽃과 돌조각이 튀어오르고, 벽이 갈려나가는 굉음이 복도를 따라 울려 퍼졌다.

굉음은 근처의 모든 마도생물의 주의를 끌었을 것이다. 멀리서 발자국 소리가 들린다. 오랜만에 전투다. 혁준을 입술을 말아올리며 검을 곧추세웠다.

Part 160 : 발굴지(3)

후우… 후우….

온 몸이 기름과 피에 젖은 강혁준은 숨을 몰아쉬었다. 검을 지팡이 삼아 짚고 지친 기색이었지만 눈빛은 여전히 날카로웠다.

주위는 온통 마도생물의 피와 기름, 시체와 조각난 파편이 어지럽게 널려 있었다.

녹스는 질린 표정으로 혁준을 바라보고 있었다. 지난 1시간동안 강혁준이 보여준 신위는 나름 칼밥 좀 먹었다는 녹스에게도 충격적인 것이었다.

'괴… 괴물이다!'

1층에서 발견되는 마도 생물은 2층이나 3층에 비해 약한 편이다. 하지만 어디까지나 소수를 상대 할 때 이야기고, 그나마도 이쪽은 잘 짜여진 파티가 있을 때 이야기다.

혼자 칼 하나 들고, 때거리를 썰어버릴 수 있을 만큼 녹록한 게 아니다.

두두두두!

어느 새 접근한 한 무리의 마도견이 또 달려든다. 걸음이 느린 동굴인 놈들도 멀리 보인다. 동굴인의 장창과 마도견의 돌진력이 합쳐지면 싸움이 어려워진다.

강혁준이 먼저 앞으로 튀어나갔다.

선제공격!

제일 앞에서 도약자세를 잡고 있던 마도견의 앞발을 그대로 잘라냈다. 캥! 달려들던 기세를 못 이기고 데굴데굴 구른다.

뒤이어 두 마리 마도견들이 뛰어들었다. 쩍 벌어진 입. 촘촘히 박힌 금속의 이빨들이 번들거린다.

혁준의 진동검이 그 아가리 속으로 빨려 들어갔다. 동시에 가죽혁대를 칭칭 동여맨 왼팔을 남은 한 마리에 내주었다.

상처없이 상대하겠다는 건 지금으로썬 망상이다. 수많은

전투경험이 말해주고 있었다.

자신의 능력과 적의 능력을 냉철하게 볼 줄 아는 것은 싸움의 기본 중의 기본.

공격력은 이만하면 되었다. 검의 절삭력이 워낙 좋아서 닿기만 하면 잘려나간다.

펑! 검에 꼬챙이처럼 꿰인 마도견의 몸이 터져나갔다. 진동검의 스킬이 발동 된 것이다. 파편이 허공을 비산하고 자유로워진 검이 왼 팔을 물고 있던 마도견의 허리를 갈랐다. 혁준은 팔을 털어 반토막난 마도견의 시체를 떨쳐냈다.

'지금 아쉬운 건 체력이다.'

열흘 밤낮을 싸울 수 있던 SSS급의 몸이 아니다.

한 칼에 한 놈! 체력을 아끼기 위해 최대한 검은 적게 휘둘러야 한다. 자잘한 상처는 신경 쓰지 않는다. 작은 상처를 피하려 들다간 전투가 길어진다. 체력이 떨어지면 먼저 죽는 건 이쪽이다.

"쿠에라! 쿠에라아!"

"키익! 쿠에라!"

쉴 틈도 주지 않고 이번엔 동굴인들이 덤벼들었다. 150센티 밖에 안 되는 작은 체구이지만 놈들의 장창은 꽤 까다롭다. 체구가 낮기 때문에 이쪽은 베기 어렵지만 저쪽은 장창의 긴 리치를 이용하기 때문이다.

하지만 상성이 안 좋았다. 혁준은 굳이 몸을 노리지 않고 장창부터 쳐냈다. 금속으로 테를 두른 창들이 우수수 잘려 나간다. 무기를 잃은 놈들이 당황하는 사이 혁준이 놈들 사이로 뛰어들었다.

그 후는 일방적인 참살이었다. 순식간에 동굴인들을 쓸어버린 혁준은 거칠게 숨을 몰아쉬었다.

'더 몰려왔으면 곤란할 뻔 했군.'

마침 체력이 방전된 타이밍이었다.

[마도견 처치! 경험치가 오릅니다. +15XP!]

[마도견 처치! 경험치가 오릅니다. +15XP!]

[동굴인 처치! 경험치가 오릅니다. +33XP!]

[동굴인 처치! 경험치가 오릅니다. +33XP!]

…

…

.

[레벨이 오릅니다!]

경험치 메시지가 주르륵 떠올랐다. 어떻게 되나 흥미로운 눈으로 바라보던 혁준의 눈에 스테이터스가 떠올랐다.

'역시…'

인간일 때 각성과 비슷하다. 경험치가 쌓이면 레벨이

오르고 능력치를 정할 수 있는 건가? 혁준은 스테이터스 판을 눈으로 훑었다.

조슈아 님! Lv 5
-힘:9
-감각:10
-민첩:12
-체력:8
-마력:3
-물리저항: 0
-마법저항: 0
스킬 : 아직 없어요!
〈스탯 포인트를 투자해주세요! 잔여포인트 15〉

정수를 통해 능력을 올리는 것과 비슷했다. 하지만 뭔가 이상하다. 이 친절한 설명은 뭐지? 마도구의 능력치가 보이는 것도 그렇고, 뭔가 게임을 즐기라고 만든 듯 한 시스템은….

'일단 능력치를 올려볼까?'

혁준은 판을 조정하여 스탯을 분배하기 시작했다.

7대 스탯을 적당히 찍되, 체력에 중점을 두었다. 힘이나 민첩은 기술로 커버할 수 있다. 전투 경험은 차고 넘치니까.

하지만 체력은 다른 문제다. 체력 안배 없이 싸우다 허무하게 잔챙이에게도 당하는 일은 전장에서 흔하다. 수많은 전투로 혁준은 그 점의 중요성을 잘 알고 있었다.

체력 스탯을 찍자 가쁜 숨이 훨씬 쉬기 편해졌다. 몸 안에 활력이 돌고 기운이 돌아온다.

다음은 상처를 돌볼 차례였다.

혁준은 가방에서 유리병 하나를 꺼냈다. 그리고 조심스럽게 내용물을 꺼내 상처에 바르기 시작했다.

〈재생의 향유〉

상점에서 챙겨온 물건 중 하나였다.

효능은 이름 그대로 상처를 재생한다. 뼈나 내장이 상한 경우를 제외하고 어지간한 상처는 수십 분 안에 치유하는 효능이 있다.

향유를 바르자 상처에서 피가 멎더니 곧 피부가 눈에 보이는 속도로 재생되기 시작했다.

제대로 팔면 수천크론의 값어치를 하는 물건이다. 녹스가 향유의 효과를 보고 놀란 표정을 지었다.

"상처 입은 곳 있나?"

"예? 아닙니다!"

바짝 얼어 고개를 저었다. 상처는 없다. 싸우지도 않았으니까. 혁준이 온 동네 몬스터를 다 불러들이는 걸 보고는 이미 전의를 상실한 상태였다. 이 미친놈과 여기서 쓸쓸하게 최후를 맞는구나 생각하니 싸울 기분도 들지 않았으니까.

혁준은 피식 웃어주고는 배낭을 챙겨들었다.

"뭘 멍청하게 서 있나? 빨리 가지."

"네… 넵!"

무더기로 쌓인 시체를 뒤로하고 둘은 3층으로 이동하기 시작했다.

"여기가 네가 말한 그 문짝인가?"

"아마도요? 저도 보는 건 처음이라서… 하하."

녹스가 힘빠진 얼굴로 웃으며 대답했다.

이틀. 3층 중앙통로의 끝부분인 이곳까지 오는데 걸린 시간이었다.

보통 발굴대라면 5일은 족히 걸릴 거리. 아니 거리가 문제가 아니다. 달려오면 이틀도 걸리지 않는 거리다.

문제는 오는 길에 우글우글한 괴물들과 함정이다. 기척을 죽이고, 함정을 피해가며 느리게 전진하기 때문에 보통 5일이다.

1층에서 놀라운 무위를 보여준 도련님은 전투가 거듭될수록 점점 더 괴물이 되어가고 있었다. 처음에는 숨이라도 몰아쉬는 모습을 보여줬는데 이제는 그런 것도 없다.

3층에서 나오는 마도생물은 하나하나가 어지간한 데몬 이상 이었다. 프린스급은 아니라도 발굴대도 부딪히면 상당한 피해를 각오해야 한다. 그래서 일반적인 교전규칙은 항상 전투를 피하는 쪽.

하지만 2층에 도달해서도 바뀐 게 없었다. 거침없이 나가다가 눈에 보이는 몬스터는 모조리 격살한다. 처음에는 트랩에도 걸리는가 싶더니 얼마 지나지 않아 모든 트랩의 위치를 파악해버렸다.

1층에서 마도견 몇 마리에도 상처를 입던 자가 지금은 철갑지네를 대여섯마리씩 때려잡는다.

살아서 3층에 온 것은 좋지만 점점 영문을 모를 일이었다.

혁준은 턱을 쓰다듬었다. 여기까지 오는 동안 오른 레벨은 24. 각성자의 등급과 비교하면 대충 S급 정도의 능력이다. 물론 개화할 수 있는 스킬이 아직 없다는 점이 아쉽긴 했다.

그래도 이 레벨업 시스템은 정수를 끌어 모으는 것보다 압도적으로 효율이 좋았다. 실로 놀라운 성장속도였다. 내려올수록 적절히 강해지는 적 또한 금상첨화로 도움이 되었다. 마치 적절히 강해질 수 있도록 배려해준 듯 한 느낌이랄까.

그렇게 거의 쉬지 않고 전투를 반복하며 이곳까지 도착한 것이다. 목적지인 중앙통로의 문(門). 직감적으로 이 문 뒤에 중요한 것이 있다는 것이 느껴졌다.

둘은 잠시 말없이 거대한 문(門)을 바라보았다. 높이는 대략 5미터 너비는 3미터 가까이 되는 거대한 문이었다. 재질을 알 수 없는 금속으로 된 문에는 실금같은 마법진이 전체에 아로새겨져 있었다.

'전자회로기판 같군.'

문은 어딘가 컴퓨터 기계부품처럼 보였다. 천천히 문을 살피던 혁준이 다짜고짜 검을 뽑아 있는 힘껏 문틈으로 찔러 넣었다. 카강! 검 끝이 조금 박혀드는가 싶더니 이내 반발력을 이기지 못하고 튀어나왔다. 어찌나 강하게 튕겨나오는지 팔이 저릿하다.

"하. 단단한데?"

많은 발굴대가 도전했지만 모두 실패했다. 물리력으로는 열 수 없다. 마법적으로 열려고 들면 해각은커녕 오히려 역침식을 당한다고 한다.

'역침식?'

이상했다. 방어마법이 발동한 것도 아니다. 고위 마도사가 뭔가를 보호하려고 만들었다면 침식형 보단 마나간섭을 일으켜 폭발을 일으키는 쪽이 낫다.

혁준은 문에 손을 대고 마나를 되는대로 불어넣었다. 별다른 술식 없이 그냥 집어넣은 마나가 문의 마법진을 따라 물결처럼 흘러퍼졌다. 곧 문을 따라 돌던 마나는 다시 팔을 타고 흘러들어오기 시작했다. 혁준은 저항하지 않고 마나가 자신을 몸을 파고들도록 내버려두었다.

〈마나지문을 분석합니다. 60%… 70%… 90%… 100% 분석이 완료 되었습니다. 최고 등급 권한이 확인되었습니다. 문을 여시겠습니까? Y or N〉

눈앞에 떠오른 것은 홀로그램 창이었다. 혁준은 망설임 없이 Yes를 선택했다.

순간 복잡하게 새겨진 문의 장치들이 움직이기 시작했다. 철컥거리는 소리와 오래 된 돌쩌귀가 갈리는 소리들이 요란하게 나더니 이윽고 문이 열렸다.

"넌 여기 기다려라."

혁준은 녹스를 대기시켜 놓고 혼자 안쪽으로 걸음을 옮겼다. 밖과 마찬가지로 안에도 조명장치가 빛을 뿜고 있었다. 문 안쪽에 드러난 것은 넓은 홀이었다. 꽤 큰 공동을 품고 있는 홀의 중앙에는 돌로 된 제단같은 게 보였다. 주위에는 사용법을 알 수 없는 거대한 기계장치들이 널려 있다.

현대적인 기계장치과 고전적인 제단. 묘하게 대비를

이루는 조합이었다. 혁준은 중앙 제단을 향해 다가갔다.

제단 위에는 푸른 수정이 하나 덩그러니 있을 뿐 다른 것은 보이지 않았다.

혁준이 막 몸을 돌리려는 찰나 수정에 빛이 맺히더니 소리가 흘러나왔다.

"어서오세요 조슈아 님."

혁준은 흥미가 동한 표정으로 물었다.

"넌 뭐지?"

"저는 이곳 마도연구단지를 총괄하는 시스템입니다. 조슈아님."

"난 조슈아가 아냐 강혁준이다."

수정이 일렁거렸다. 사람으로 치면 혼란함을 표현하는 것 같았다.

"명령이라면 명칭을 수정하겠습니다. 강혁준님. 그런데 주인님은 어디계신가요?"

"네 주인이라면 사념체를 말하는 건가? 그거라면 내가 죽였다."

너무 뻔뻔한 선언에 수정으로부터 짧은 침묵이 흘러나왔다. 하지만 수정은 가치판단을 하도록 허락되어 있지 않았다.

"그렇다면 이제부터 혁준님의 모든 명령은 주인님과 같은 권한으로 수행됩니다."

조금 딱딱해진 말투로 수정이 입을 열었다. 혁준은 대수롭지 않다는 표정으로 고개를 끄덕여주고는 수정에게 질문을 시작했다. 질문하고 싶은 것이 많았다.

"도대체 여긴 뭐하는 곳이지?"

Part 161 : 발굴지(4)

"이곳은 왕의 병사들을 위한 군수공장이며, 동시에 마도 생물의 생산공장이자 왕을 위한 훈련장입니다."

"왕? 어떤 왕을 말하는 거지?"

"주인께서 정하신 왕은 단 하나. 바로 당신입니다."

"나라고?"

여기서 나란 당연히 조슈아를 의미 할 것이다. 사념체는 죽은 조슈아에게 광적으로 집착하고 있었다. 이미 죽은 자를 되살리겠다는 불가능한 꿈에 수천 년을 허비할 만큼.

"주인께서는 당신을 되살리는 것만이 아니라, 그 이후에 대한 계획도 준비하고 있었습니다. 그건 이 어비스에 새로운 주인으로 당신을 추대하는 것입니다. 그를 위해선 불로불사의 육체만이 아니라 무한한 힘도 필요했지요. 그 계획의 결정체가 바로 지금의 육체입니다."

혁준은 손을 쥐었다가 폈다. 튼실하게 느껴지는 완력. 처음 이 몸으로 되살아났을 때와는 다르다. 근력에 수치를 투자한 만큼 확실하게 힘이 강해지고 있었다.

"처음에는 누구보다 강한 힘을 가진 육체를 만드는데 치중했습니다. 하지만 본래 조슈아님은 평범한 노예이던 데빌. 그런 주체할 수 없는 힘을 가지고 눈을 뜨게 된다면 어떤 사고가 일어날지 예측할 수 없었지요."

혁준은 고개를 끄덕였다. 과거에도 가끔 그런 케이스가 있었다. 각성하자마자 운 좋게 정수를 왕창 먹는다던지. 속칭 몰아주기로 빠르게 정수를 흡수한 자가 자신의 힘을 주체하지 못하고 사고를 일으키는 경우. 자기 힘을 주체하지 못하고 남의 손을 으스러트린다던지 주먹을 날리다 자기 팔이 찢어먹기도 했다.

육체뿐 아니다. 갑작스러운 강한 힘은 성격을 비틀어버리기도 한다.

"그 때 힌트를 얻은 것이 각성자들이었습니다. 정확히는 쵸즌이죠. 법칙을 뒤틀고 육체의 한계를 뛰어넘는 권능. 주인께서는 그 권능을 훔쳐 쓰기로 했습니다. 물론 인간이

아닌 데빌의 몸이니만큼 약간의 수정이 불가피했습니다
만."

수도 없는 실험이 이루어졌다. 아우터 갓이 내린 각성은
세상의 법칙을 비트는 권능. 사념체라고 해도 그걸 베껴온
다는 건 쉬운 일이 아니었다. 실패가 반복될 때마다 육체는
부서지고 뒤틀렸다. 비록 영혼없는 육체라도 사랑하는 이
가 파괴되는 걸 보는건 괴로운 일이었지만 사념체는 포기
라는 개념을 모른다. 수도 없는 실패 끝에 마침내 지금의
육체를 만들어냈다.

'그렇다면 이해가 가는군. 이 이상한 레벨업 시스템
도.'

미친 사념체 릴리는 자신의 연인에게 생명만이 아니라
왕관도 씌워줄 계획이었던 것이다. 마도생물로 이루어진
군단과 sss급 능력자만큼 강한 육체가 있다면 꿈도 아니다.
실제로 강혁준은 혼자서 이 곳 어비스에 에머른 제국을 세
웠으니까.

"그럼 인간을 기준으로 sss급 능력자만큼 강해질 수 있
나?"

"이론적으로 가능합니다. 또한 각성의 권능을 분석한 결
과. 저희는 1753개의 스킬과 고유 특성이 존재한다는 걸 알
아냈습니다. 그리고 그 중 가장 강력한 7개를 골라 술식화

하는데 성공했죠. 현재 혁준님의 뼈에는 이 7개의 스킬과 특성 술식이 새겨져 있습니다."

혁준의 눈빛에 이채가 돌았다. 스탯을 올리는 건 좋다. 그건 기본기니까. 하지만 스킬이나 특성이 없다는 건 아쉬운 일이었다.

특히 사기적인 스킬을 둘둘 말고 있는 적을 상대하는 데 이쪽에서 대응할 스킬이 없다면, 육체적 능력에서 앞선다고 해도 승패는 장담할 수 없으니까. 실제로 아드레날린 러쉬 같은 사기적인 특성이 없었다면 sss급을 달성하는 건 요원했을 것이다.

"그 스킬이란 건 어떻게 개화하지? 지금껏 레벨을 꽤 올렸지만 스킬이 생기지는 않던데?"

"첫 번째 스킬술식은 여기서 열 수 있습니다. 나머지는 몇 가지 조건을 달성해야 합니다만."

고르고 고른 스킬과 특성이다. 그런 만큼 간단하게 사용할 순 없다는 설명이었다. 설명을 다 들은 혁준이 혀를 찼다.

"쉽게 얻는 게 없군. 좋아 우선 첫 번째 스킬을 연다."

처음 술식을 여는 조건은 이곳에서 만들어지는 최상위 마도생물을 혼자 잡아내는 것. 최소한의 전투력을 증명하지 않고는 밖에 내보내기 위험하다는 판단 때문이었다.

"원래 계획대로라면 위층에서부터 몇 주에 걸쳐 전투경험을 쌓고 레벨을 올리도록 되어 있습니다만. 이미 당신께는 불필요한 일이겠군요."

수정이 가볍게 흔들렸다. 재기동된 수정은 과거의 기록을 이미 읽어본 상태였고, 혁준의 비상식적인 전투기록을 본 뒤였다.

이곳 마도 연구단지가 던전형식으로 만들어진 것은 조슈아의 전투훈련을 병행하기 위해서였다. 싸움을 해본 적이 없는 노예 조슈아에게 상대하기 쉬운 몬스터부터 차근차근 상대하며 전투경험을 쌓게 하려는 목적인 것이었다.

그러니 강혁준에겐 지나치게 쉬운 난이도였다. 배치된 몬스터를 쓸어담는 수준으로 난도질하며 내려와 버렸다. 이제 위층의 몬스터를 더 이상 상대하는 것은 도움이 되지 않는다.

"아래층에는 전용 투기장이 마련되어 있습니다. 그 곳에서 여기서 생산되는 최강의 마도생물과 겨뤄 볼 수 있지요. 내려가시겠습니까?"

"괜찮겠나? 나는 네 주인이 원하던 이 몸의 주인이 아니다. 오히려 원수에 가깝지."

"저에겐 감정이란 개념이 없습니다. 단지 내려진 명령에 따를 뿐이죠. 사람처럼 말을 하고 있지만 저에겐 자아가 없습니다. 그냥 이곳의 관리 프로그램일 뿐이죠."

사념체 입장에선 다짜고짜 쳐들어와서 자기 목을 쳐버린 악당이다. 이제는 자신이 가장 사랑하는 사람의 몸을 가져간데다 유산까지 강탈하고 있으니, 살아있었다면 분통이 터져 다시 죽었을 것이다.

"내려가시기 전에 장비를 고르시겠습니까? 투기장에 도전하기 전에 하나의 물건을 지원하도록 되어 있거든요. 여기서 생산되는 모든 장비목록입니다. 원하시는 물건이 있다면 말씀해주시면 됩니다."

수정이 말을 마치자 혁준의 눈앞에 홀로그램창이 떠올랐다. 거기엔 온갖 종류의 병장기와 포션들, 방어구까지 다양한 물품목록이 있었다.

아무 목록에나 손을 가져다대자 물건의 이력이 자세하게 떠올랐다. 바깥 상점에서 볼 수 있는 물건들보다 압도적으로 질이 좋은 물건이 즐비했다. 이중에 단 하나라고? 신중하게 목록을 살펴본다. 한참을 목록들을 검토하던 혁준이 마침내 고개를 끄덕였다.

"이걸로 하겠다."

선택을 마치자마자 허공에 공간을 열렸다. 그리고 그 안에서 뭔가가 툭 떨어졌다. 그것은 입구가 단단히 막힌 플라스크 물병이었다. 물병 안에는 검은 액체가 살아있는 듯

꿈틀거린다. 혁준은 병을 쥐어들었다.

《어둠살이 갑주》 마시는 형태의 살아있는 갑옷이다. 사용자의 마나를 먹어치우며 몸에 기생한다. 기본능력으로 물리저항을 올려주는데다, 형태가 자유롭고 수족처럼 부릴 수도 있는 요긴한 녀석이었다.

혁준은 플라스크를 뜯어서 단숨에 마셨다. 산낙지를 삼키는 기분이었다. 이맛살이 찌푸려지긴 했지만 이 녀석의 유용함을 생각하면 참을 만 했다.

갑주가 몸에 적응을 마친 듯하자 혁준은 갑옷을 가볍게 활성화 시켰다. 곧 전신의 모공을 통해 검은 기운이 스멀스멀 흘러나왔다. 물리저항이 치솟는다. 동시에 마나가 맹렬히 속도로 소모된다.

마나소모량이 크긴 하지만 물리저항이 생각보다 많이 오른다. 혁준은 만족스러웠다.

"좋아 이 정도면 준비가 된 것 같군."

"알겠습니다. 그럼 아래층으로 가시는 길을 열겠습니다. 무운을 빕니다."

쿠르릉 소리와 함께 바닥의 포석이 갈라졌다. 나타난 것은 아래층으로 이어진 긴 계단이었다. 혁준은 검과 배낭을 챙겨들고 아래층으로 걸음을 옮겼다.

아래층에 도착한 혁준은 주위를 둘러보았다.

'이건 뭐지.'

투기장이라 하길래 오픈 된 넓은 공터를 예상하고 있었다. 넓기는 넓었다. 그러나 예상하지 못한 점이 있었다. 바로 두터운 돌기둥들이 빽빽이 들어선 열주의 숲이었다.

거의 두 아름은 될 법한 돌기둥은 시야를 방해할 뿐 아니라 이동과 검을 휘두르는데도 방해가 될 것이 분명해 보였다.

'시야에 보이는 것은 없군.'

잠시 열주들의 회랑을 걷던 혁준이 걸음을 멈췄다. 시계가 너무 짧았다. 이런 곳에서는 방향을 잡는 것조차 불가능하다. 사방 어디를 봐도 같은 풍경이니까. 그나마도 멀리도 볼 수 없다. 기준에 표식을 남겨놓으며 움직이긴 했지만 그것만 믿고 무작정 나아갈 수는 없는 노릇이었다.

가부좌를 틀고 앉은 혁준은 눈을 감고 감각에 온 정신을 집중했다. 어차피 이곳은 전투를 위한 투기장이지 미로가 아니다. 기다리고 있으면 적은 분명히 접근해 온다.

이렇게 조용하다는 것은 적이 기습을 노리고 있다는 의미였다. 적이 있다는 것을 모르면 모를까 뭔가 이곳에 있다는 것을 아는 이상 기습에 당할만한 강혁준이 아니었다.

감각에 최대한 집중하고 적을 기다린지 30분. 혁준의 모습은 얼핏보면 잠든 것이 아닐까 싶을 정도로 고요했다. 마침내 인내심 싸움에서 더 이상 기다리지 못한 적이 움직였다.

스스스 –

발걸음 소리가 아니다. 뭔가 살짝 비벼지는 소리. 집중하고 있지 않았다면 듣지 못했을 것이다.

쉬익–!

공기가 갈라지는 파공성과 함께 위에서 뭔가가 화살처럼 날아들었다. 혁준은 검으로 바닥을 밀어내면서 미끄러지듯 뒤로 물러났다. 덕분에 덤벼든 것은 혁준이 있던 빈 공간을 물어뜯었다.

딱!

놈의 이빨과 이빨이 부딪혔다.

혁준은 눈을 떴다. 눈 앞에 나타난 것은 구렁이였다. 길이가 얼마나 긴지 꼬리는 보이지도 않는다. 그것은 돌기둥을 휘감고 허공에서 머리만 내민채로 혁준을 노리고 있었다. 그것도 한 마리가 아니라 수 십 마리가.

기습에 실패한 구렁이들은 본격적으로 덤벼들었다. 혁준도 검을 휘둘러 적을 쳐내기 시작했다. 열 호흡 정도의 공방이 끝났을 때 혁준은 이 돌기둥이 생각보다 까다로운 장애물이란 깨달았다.

'잘 만들었군.'

다수의 적을 혼자 상대할 때, 가장 좋은 것은 벽을 등지는 것이다. 벽은 후방에서의 공격을 막아주는 든든한 아군이다. 하지만 이 돌기둥은 마치 벽처럼 보이지만 뒤를 보호해주지 않는다. 기둥을 타고 뒤에서도 공격해 올 수 있으니까. 아무리 감각이 예민하다고 해도 시야가 없는 후방에서의 공격을 막는데는 한계가 있기 마련이다. 기둥에 몸을 감고 3차원적인 공격을 해오는 것도 까다로운데 뒤에서도 달려든다.

사방에서 달려드는 공격을 막기 위해 쉴새 없이 검을 휘둘렀다. 어찌나 쉴새없이 달려드는지 불빛에 비친 검광이 막으로 보일 지경이었다. 수비적으로 일관하다보니 제대로 무게가 실린 공격을 하기가 어려웠다. 어떻게든 적의 숫자를 줄여야하는데 쉽지 않았다. 구렁이의 머리 부분은 단단한 철갑으로 싸여 있어서 가볍게 쳐서는 베어낼 수 없었기 때문이다.

'이대론 체력만 소모할 뿐이다.'

이래서 스킬이 중요하다. 사용할 수 있는 카드가 적으니 전략적으로 대응하기 어렵다.

'아니 꼭 그렇지도 않나?'

Part 162 : 발굴지(5)

콰드드득!

혁준의 검이 그대로 돌기둥에 박혀들었다. 기둥 깊숙이 검을 꽂아넣느라 무방비한 등으로 구렁이의 이빨들이 날아들었다. 혁준은 깊게 숨을 들이마셨다.

'지금!'

혁준은 몸 안의 있는 마나를 있는대로 쥐어짜서 어둠살이 갑주에 처넣었다. 순간 검은 기운 온몸에서 폭발하듯 방사되었다. 몸에서 터져나온 검은 기운은 갑주의 형태로 온몸을 빈틈없이 감쌌다.

살을 찢고 뼈를 으스러뜨리려던 구렁이 이빨은 그대로

갑주에 가로막혔다. 그와 동시에 검이 꽂힌 자리로부터 기둥전체로 실금이 파문처럼 퍼져나갔다. 혁준은 검을 뽑은 후 칼의 손잡이 부분으로 기둥을 후려갈겼다.

우르르릉! 두 아름 짜리 돌기둥이 그대로 박살이 나며 무너져 내렸다. 기둥에 몸을 감고 있던 구렁이 두 마리가 허공에서 우쭐대며 떨어졌다. 혁준은 그 순간을 놓치지 않고 검을 휘둘렀다. 대번에 두 마리의 허리를 갈라졌다.

"공간이 좀 넓어졌군 그래?"

기둥하나가 무너지면서 꽤 넓은 공간이 생겨났다. 혁준이 노린 기둥의 위치가 절묘했다. 다른 기둥들과 거리가 있으면서도 공격에 요충이 될 수 있었던 것이다.

구렁이들 입장에선 난감한 상황. 기둥은 적의 움직임을 방해할 뿐 아니라 공격거리도 좁혀준다. 기둥 하나가 무너짐으로써 아까보다 멀리서 공격을 시도해야 하는 상황이 왔다. 게다가….

쉬익!

공기를 가르며 구렁이 두 마리가 좌측과 우측을 동시에 격했다. 평소라면 검으로 좌우를 휘둘러서 막아냈을 것이다. 그러나 대신 어둠살이 갑주에서 양팔이 동시에 튀어나왔다. 날아들던 두 개의 아가리가 허공에서 턱 붙잡혔다.

검은 기운의 갑주는 이제 모호한 안개의 모습이 아니라

거의 실체화된 갑옷의 모양을 하고 있었다. 게다가 단순히 방어만 하는 게 아니라 독자적으로 물리력을 행사한다.

검광이 번쩍이자 공중에 붙잡혀 버둥거리던 구렁이가 조각나 떨어져 내렸다. 날아드는 거리가 멀어진 만큼 방비할 시간도 길어진다. 아직도 많은 적에게 포위된 상태라는 건 변함없었지만 처음보다 훨씬 상대하기 수월하다.

상황이 이상하게 돌아가자 구렁이들이 주춤거리기 시작했다.

"그렇게 시간 끌면 기둥 또 부순다?"

혁준은 피식 웃으면서 검 손잡이로 기둥을 톡톡 쳤다.

갑자기 튀어나온 검은 갑주 때문에 당황하고 있던 구렁이들은 혁준이 또 다른 기둥을 부수려들자 정신이 번쩍 들었다.

기둥이 또 없어지면 거리는 더 벌어진다. 나중에는 바닥을 기어가서 덤벼들어야 할지도 모른다.

상황을 파악한 구렁이들이 이판사판으로 사방에서 날아들었다.

'그래 어서들 와라.'

녀석들이 시간을 두고 차륜전을 선택했다면 곤란한 쪽은 혁준이었을 것이다. 지금 가진 마나량으로 이 '갑주화' 상태를 유지하는 시간은 길어야 10분정도.

어둠살이 갑옷은 끝내주는 물건이지만 이 녀석은 보기와 달리 살아있는 생물체다. 끝없는 허기로 마나를 맹렬하게 먹어치운다. 지금처럼 갑주화를 시전하면 소비량은 그 서너배가 되었다.

그래서 혁준은 일부러 기둥을 부수겠다는 정보까지 줘가며 적들을 도발했다. 확실히 최고 레벨의 마도생물이라 그런지 어느 정도 지능이 있었기에 나름대로 상황판단을 한 것이다.

'뭐, 그래도 충분히 똑똑하진 못하지만 말이지.'

혁준이 검을 휘두를 때 마다 뱀의 갈라진 몸통에서 핏물과 내장이 쏟아져 내렸다. 허벅지를 노리고 날아들던 한 놈은 갑주에서 뻗어나온 발차기에 아래턱이 부서졌다. 동시에 갑주의 양팔이 구렁이 아가리를 붙잡아 아래위로 찢어냈다. 갑옷과 달리 관절이란 개념이 없는 어둠살이 갑주는 앞이나 뒤란 개념도 없다. 거기에 혁준의 전투경험과 공감각능력이 합쳐지자 마치 4개의 팔다리를 가진 맹수처럼 보였다.

사방에서 날아드는 구렁이들을 미친 듯이 찢어발기던 혁준의 전투는 곧 소강상태로 접어들었다.

더 이상 죽일 적이 남아있지 않았기 때문이다. 사방에 튄 핏자국과 여기저기 무너진 돌기둥 사이에서 혁준이 숨을 몰아쉬었다.

"후우. 간신히 시간을 맞췄구만."

게걸스럽게 마나를 탐하던 갑주는 혁준의 마나가 바닥을 보이자 바로 풀어질 기세였다. 그래서 마지막 몇 마리가 남았을 즈음에는 간신히 팔 하나만 구현한 상태로 나머지 부분은 그냥 해제해버렸다. 덕분에 여기저기 물어뜯긴 상처에서 피가 줄줄 흘러내리고 있었다.

'그나마 독이 없어 다행이군.'

뱀의 형태를 한 몬스터는 보통 독을 품고 있기 마련이다. 다행히 이 녀석은 강인한 턱과 육체를 무기로 하는 타입이었다.

'게다가 이 검이 있어 정말 다행이었고.'

혁준의 능력으로 이 정도 돌기둥 정도는 못 부술 건 아니지만, 그게 한창 전투 중이라면 쉽지 않다. 게다가 검이란 원래 철거에 적합한 물건은 아니었다. 회귀 전에 한 동안 쇠망치를 애용한 적도 있었는데, 덩치 큰 데몬들을 처리 하는데는 확실히 유용했다. 검으로 낼 수 있는 자상보다 머리통을 으깨버리는 게 확실히 타격이 컸으니까. 근데 이 진동검이란 물건은 둘의 기능을 합쳐놓은 것 같았다.

검이 상한 곳이 있는지 불빛에 비춰본 혁준은 배낭에서 회복약을 꺼내 바르기 시작했다. 혁준에게 메시지가 떠올랐다.

[튜토리얼이 완료되었습니다!]

[일괄 경험치 1644XP를 얻었습니다.]

[첫번째 조건이 완료되었습니다. 스킬이 개방됩니다.]

튜토리얼로 준비해둔 던전을 완료함에 따라 사념체가 준비해 두었다는 7개의 스킬과 특성. 그 중 첫 번째가 열렸다.

[다음 스킬을 얻었습니다.]

[결박하는 에테르의 채찍(S등급)]

'이런 것까지 얻을 수 있나?'

회귀 전에 이걸 쓰는 놈을 본 적이 있었다. 대체 어디서 먹은 건지 다른 능력치는 고만고만하던 녀석이 이 스킬하나로 전장을 휘젓고 다녔다.

마나주입량에 따라 무한대로 늘어나며, 활용법은 전투센스에 따라 무궁무진하다. 필요하면 원거리 공격스킬로도 사용할 있고, 특히 덩치 큰 적의 발을 묶는데 탁월하다. 스킬 자체에 옵션이 묶은 적의 방어주문을 해체해버리는데다, 무엇보다 적의 물리저항을 깎아낸다. 강한 적을 상대할 때는 보통 여러 명이 역할을 분담하게 되는데, 혼자서 주력 공격과 보조의 역할을 동시에 해낼 수 있게 만드는 스킬이다.

고르고 골랐다더니, 사념체 녀석 센스가 나쁘지 않았다.

'정말로 조슈아를 살려냈다면, 역사가 바뀌었을 수도 있겠군.'

하지만 실패했다. 죽은 자를 살린다는 것은 불가능한 소망인 것일까. 어쨌든 지금 이 육체는 혁준의 것이었다. 이것도 운명이니 최대한 유용하게 써주는 게 예의겠지. 혁준은 그렇게 생각하며 스탯창을 열어 스탯을 분배했다.

강혁준 님! Lv 27

–힘:31

–감각:25

–민첩:27

–체력:28

–마력:33

–물리저항: 25 (어둠살이갑주에서 +15)

–마법저항: 7

스킬 : 결박하는 에테르의 채찍(S등급)

특성 : 없어요!

장비 :

칼텍의 진동검 (N)

어둠살이 갑주 (S)

스킬도 생겼고 쓸 만한 장비도 생겼지만, 기본적인 스탯이 받쳐주지 않으면 여유 있게 쓸 수 없다. 이제 겨우 시작 단계다. 하지만 여기선 더 이상 얻을 게 없었다. 이제 나이 펜드리아로 돌아갈 시간이었다. 혁준은 윗 층으로 걸음을 옮겼다.

에머른. 불신자들의 도피처에 불과하던 도시는 이제 어비스 대부분을 차지한 제국의 수도였다. 대부분의 추종자들은 참살당하거나 신성을 버리고 제국에 복속되었다.

그러나 강혁준이란 상식파괴적인 1인 무력이 강제로 통합해버린 세계는 내구성이란 면을 고려하지 못했다.

본디 세계란 복잡한 이해타산과 정치적 타협의 교착점인 법. 역사는 다수의 집단과 집단이 톱니바퀴처럼 물려 돌아간다. 아무리 뛰어난 1인이라도 세상에 미칠 수 있는 영향에는 한계가 있는 법이었다. 그러나 강혁준은 달랐다. 절대적인 무력과 철의 의지로 모든 반대파를 찍어 누르며 세계의 구조를 바꾸는데 성공했다. 그리고 홀연히 사라져버렸다.

내부적 불만이나 분쟁의 불씨를 밟아 끄기 위해 가장 분주해야 할 시기에 우두머리가 자리를 비운 것이다. 당장 내부의 불만세력이 암암리에 결집이 시작되었다.

강혁준을 필두로 한 추종자들과 불신자의 대전쟁.

전쟁은 기본적으로 큰돈이 되는 사업이었다. 군수품의 공급부터 쏟아지는 전리품에, 전후복구와 토지 재편성까지 뭐든 손만 대면 노다지였다.

그런 달콤한 떡고물이 누구 손에 떨어지냐는 전적으로 권력을 쥔 자들의 몫이었고, 대부분은 강혁준과 뜻을 함께한 주전파들의 몫이었다.

권력중심에서 밀려난 실리파나 주화파들의 불만은 늘어날 수밖에 없었다. 대다수는 침묵 속에서 기회를 엿보고 있었지만, 어디서나 좀 더 대담하고 행동력 있는 작자들이 있는 법이었다.

약 3일 전. 강혁준이 발굴지로 찾아 들어갈 시간 쯤 자간테 도제는 집무실에서 부하의 보고를 듣고 있었다.

"그러니까 집정관 강혁준이 죽었다고?"

자간테는 지나치게 흥분한 나머지 목소리까지 떨고 있었다. 부하가 보고 있는 곳에선 결코 감정을 드러내지 않는 그였지만 지금 듣고 있는 소식의 충격은 그만큼 컸다.

"죽은 것이 아니오라 육체를 잃었다고 합니다. 그냥 평범한 데빌의 몸으로 지금 나이펜드리아 총독과 함께 있다고…."

"어느 정도냐?"

"예?"

"그 정보… 어느 정도 확실하냐고 멍청아! 너도 머릿통이 달려있다면 그런 저잣거리에서 농담 따먹는 소리를 출처도 없이 보고하러 오진 않았겠지!"

자간테는 만약 시덥잖은 출처라면 머리와 몸통을 이산가족으로 만들어줄 기세였다. 하지만 그도 부하가 그 정도까지 멍청할 거라 생각하진 않았다. 그런 놈이면 벌써 죽었을테니.

예상대로 부하의 얼굴에 자신감이 피어올랐다.

"알고스에서 온 정보입니다. 세배짜리 정보니 틀림없을겁니다."

알고스는 에머른의 제일가는 정보상이었다. 비싼만큼 돈값을 하는 곳으로 세배짜리 정보는 말 그대로 정보료를 세배로 받는다.

만약 정보가 틀릴 경우는 위약금으로 서른 배를 지불하는 게 관례였다. 사실 위약금이 문제가 아니라, 정보상의 신용을 걸고 보증한다는 의미이므로 아무리 어이없어 보이는 정보라도 일단 믿어 볼만하다.

자간테의 얼굴에 무서운 고민의 흔적이 스쳤다. 우선 내부의 반대세력을 축출하기 위한 함정일 확률이 떠올랐다. 하지만 만약 이게 기회라면 빨리 행동해야 한다. 기회란 원래 확신이 들기 전에 잡아야 늦지 않다. 모든 것이 확실하길 기다린다면 기회는 이미 달아나 버린다.

결심은 바로 행동으로 옮기는게 좋다. 자간테는 부하에게 명령을 내렸다.

"좋아. 대회의를 소집하겠다. 모두 호출하도록."

"넵!"

부하는 경례를 붙이고 사라졌다. 자간테는 머릿속으로 해야할 일들을 재빨리 정리하기 시작했다.

Part 163 : 자마쉬

발굴지를 나온 강혁준은 총독관저로 돌아왔다. 일단 비세스를 만나 앞으로의 계획을 상의하고 뭉크도 만나기 위해서였다.

'그러고 보니 뭉크녀석을 너무 내버려뒀군.'

강혁준이 육체를 잃은 그 날, 뭉크도 극심한 상처를 입었다. 피투성이에 다 죽어가는 몰골로 이곳까지 겨우 도착한 뭉크.

괜히 다른 데빌들의 눈에 띄어봐야 데몬으로 오해 받는다. 따라서 비세스가 관저 지하에 숨기고 상처를 치유하도록 처치해둔 상태였다.

혁준은 비세스를 만나기 전에 뭉크의 상태를 볼 겸, 지하실로 걸음을 옮겼다.

지하로 내려가는 계단참이었다. 아래쪽에서 뭔가 낯익은 말투가 들려왔다.

"더 먹고싶닥! 뭉크는 아직 배고프닥!"

"아니 벌써 30인분이나 줬잖아! 대체 어디로 다 들어가는거야? 뱃속에 아공간 주머니라도 있냐?"

계단을 내려온 혁준은 어이가 없었다. 빈 그릇을 산처럼 쌓아놓은 뭉크가 그릇을 핥고 있는 것이다. 그것도 신수의 모습이 아닌 옛날 모습 그대로의 뭉크였다.

"뭉크? 너 꼴이 왜 그렇냐?"

"뭉크 반갑닥! 뭉크 기다렸닥! 사흘 기다렸닥!"

사흘만에 퇴화(?)해버린 뭉크가 꼬리를 흔들며 달려왔다. 혁준은 반가워하는 뭉크의 머리를 잠자코 쓰다듬어주었다.

"흠… 원래대로 돌아간 건 상처와 어비스의 기운 때문인가?"

정확한 원인이야 알 수가 없다. 혁준은 어깨를 으쓱하고는 꿔다 논 보릿자루마냥 서 있던 병사에게 명령했다.

"총독에게 내가 왔다고 전하도록."

"알겠습니다."

정체는 모르지만 병사들에게 혁준의 위치는 총독관의 손님이었다. 어디 귀족 나부랭이쯤 되나? 병사는 어정쩡하게 경례를 붙이고 윗층으로 달려 올라갔다.

⚜

　30분 뒤.

　혁준은 총독실 벽에 몸을 기대고 서 있었다. 업무용 책상 앞에 지도를 편 비세스가 향후 계획에 대해 설명하고 있었다.

　"현재 가장 안전한 루트는 벨룽 산맥을 거쳐서 가는 길과 나우메 습지를 통하는 길입니다. 개인적으로 습지는 추천하지 않습니다. 습지를 점령한 큰아귀벌레 같은 데몬이 골치아프기 때문입니다… 또…."

　사흘 동안 열심히 조사한 모양인지 균열선으로 가는 모든 루트를 다 설명할 기세였다.

　눈을 반쯤 감고 건성건성 듣고 있던 혁준이 말을 툭 던졌다.

　"전부 틀렸다. 난 알드스레아의 골짜기로 간다. 마침 거기가 지름길이군."

　"예? 대체 거긴 왜? 거길 가시면…."

"…마룡 알드스레아가 있지."

비세스가 입을 쩍 벌렸다. 황당함을 감추지 못한 목소리로 비세스가 말했다.

"거리 좀 줄이겠다고 거길 통과한단 말입니까? 예전 몸도 아니고, 지금 알드스레아가 만만해 보이시나본데, 그 몸으로 거기 가면 확실히 죽습니다. 아무리 호위가 있어도 말입니다."

"호위?"

비세스는 고개를 끄덕였다. 그는 결의에 찬 표정으로 말을 이었다.

"이번 일은 저에게도 절대 실패해선 안 될 중요한 일입니다. 미스트라님의 유지를 받드는 일이니까요. 그래서 제가 구할 수 있는 최강의 호위병을 찾았습니다."

"호위 같은 건 필요하지 않은데?"

필요 없는 게 아니라 방해가 된다. 한창 경험치를 독식해도 모자를 판에 옆에서 뺏어먹는 존재가 될 테니. 하지만 그런 사실을 모르는 비세스는 간곡하게 매달렸다.

"한 때 절대자였다는 걸 모르는 게 아닙니다. 저 또한 약육강식의 어비스에서 살아온 자입니다. 혁준님의 지금 기분은 저라도 충분히 헤아릴 수 있습니다! 하지만 대의가 있지 않습니까. 대의가 아니라면, 제가 드린 봉사를 생각해서라도 거절하지 말아주십시오."

아주 연설을 하시는군. 듣는 자신이 낯 뜨거울 지경이긴 하지만 걸리는 부분이 있다. 남에게 빚진다는 건 상상도 못할 성격의 강혁준이었다. 좋든 싫든 미스트라에겐 빚이 있다.

"아픈 곳을 찌를 줄 아는군. 비세스. 하긴 미스트라나 너한텐 빚이 있지."

혁준은 별 수 없다는 듯 고개를 끄덕였다.

'뭐 일단 데려가고 전투는 다 내가 하면 된다.'

혁준이 허락하자 크게 기꺼워하며 비세스가 누군가를 불러들였다.

"들어오게. 자마쉬."

문을 열고 데빌 하나가 들어섰다. 개와 닮은 머리. 2미터를 훌쩍 넘는 키에 털로 뒤덮인 육체. 그 털로도 가리지 못할 무식한 흉터들. 등에는 거병을 메고 있었다. 혁준이 의외라는 듯 입을 열었다.

"이거 몰리튜드잖아?"

악시온을 섬기는 광전사 몰리튜드였다. 혁준이 놀란 것도 무리가 아니었다. 몰리튜드는 악신에 대한 충성도가 남달리 높다. 바하루 같은 특이 케이스를 제외하고 보통 몰리튜드와 무신론자는 피로 피를 씻을 뿐이다. 특성이 그렇다보니 항복하느니 싸우다 죽을 족속들인 것이다. 잠깐 생각하던 혁준은 피식 웃었다.

"주인 버린 개새끼라… 재미있군."

자마쉬의 눈꼬리가 가볍게 떨렸다. 억누르는 목소리로 그가 답했다.

"…죽은 자는 아무것도 되찾을 수 없다. 살아남아야 신도 되찾을 수 있는 것이다."

"이것 봐라 개새끼가 생각도 하잖아?"

"크윽! 이 놈이!"

자마쉬의 얼굴이 분노로 일그러졌다. 당장이라도 무기를 손에 쥘 태세였지만 팔은 그 이상 움직이진 않았다. 혁준의 눈에 이채가 돌았다.

'의외로 절제력은 나쁘지 않군.'

타고난 광전사들인 몰리튜드는 성정이 사납고 참을성이 없다. 경험상 그런 놈을 데리고 다니면 분명 사고가 생긴다. 아무리 비세스가 부탁했다고 해도 그건 곤란했다.

혁준의 도발로 분위기가 험악해지자 비세스가 좀 봐달라는 표정을 지었다.

"탐탁지 않은 마음은 알겠지만 이제 한 배를 탔으니, 조금만 참아주십시오. 한 때 일족 최강이라 불리던 자입니다. 필시 도움이 될 겁니다."

혁준은 별 말하지 않고 어깨를 으쓱해 보였다. 지금 당장 관심사는 그게 아니었다.

"근데… 아까부터 신경에 거슬리는데 저건 네 부하인가?"

"어떤 걸 말씀하시는지?"

"이거 말이야."

미동도 없는 자세에서 혁준의 검만 뱀처럼 움직였다. 허공을 격한 검끝이 순식간에 벽에 박혀들었다. 그리고 벽에서 피와 비명이 터져나왔다.

"끄엑!"

어깨에 구멍이 뻥 뚫린 데빌 하나가 허공에 나타났다. 검을 뽑아내자 핏물을 뿜으면서 바닥을 굴렀다.

"네 호위병인 줄 알았는데 아닌가 보군."

"…아닙니다."

비세스가 질린 표정으로 바닥을 바라보았다. 고통에 몸부림치던 간자는 혁준이 칼자루로 한 방 내리치자 거품을 물고 기절해버렸다.

'언제 이렇게 강해진 거지?'

분명 사흘 전만해도 평범한 데빌이었다. 물론 강한 축에 속하겠지만 이 정도는 아니다. 방금 보여준 검의 움직임은 눈으로 쫓을 수도 없었다. 게다가 자신은 기척을 전혀 느끼지 못한 적을 간단히 찾아냈다. 놀라움에 잠겨 있던 비세스가 퍼뜩 정신을 차렸다.

"이 자를 즉시 데려가서 심문하겠습니다."

"심문 해 볼 것도 없어. 어차피 어디 정보조직의 말단이겠지. 총독관저에 간자가 돌아다닐 정도라니 에머른 내부에 불만세력이 많나보군."

무슨 정보든 구매자가 있어야 캐낼 이유가 생긴다. 정부기관에서 나오는 정보를 굳이 돈 주고 사들일 만한 곳은 보통 적국이다. 하지만 제국에는 적이 없다. 적이 있다면 내부의 적뿐.

비세스가 송구스러워하며 말했다.

"속하의 불민함을 용서하십시오."

"신경쓰지 마."

에머른의 미래에 크게 관심이 없는 혁준에게 내부사정이야 아무래도 좋았다. 하지만 자신이 하는 일에 방해가 있다는 건 이야기가 달랐다.

'여길 도청했다면 내가 몸이 바뀌었다는 사실을 누군가 알고 있다는 뜻인데.'

만약 제국에서 눈치 챘다면 누가 와도 벌써 왔을 것이다. 무엇보다 루카가 가만있을 리 없으니까.

"…그럼 그 누군가는 제국정부는 아닐 테고, 그럼 내

목이 달아나면 좋아할 놈들이란 건데. 이거 추격자가 붙겠군."

"출발을 서두르는 게 좋겠습니다. 필요한 물품은 거의 준비되었습니다. 두 시간 후에 정문에서 뵙지요."

가볍게 고개를 끄덕인 혁준은 휘적휘적 문 쪽으로 걸어갔다. 방을 나서는데 뜬금없이 자마쉬가 툭 내뱉듯이 말했다.

"나도 알고 있었다."

"뭘?"

"저 간자의 존재 말이다."

"하아?"

생각보다 유치한 녀석이었다. 뭔가 자격지심 같은 걸 느낀 모양인데. 혁준은 쓴웃음을 지었다.

'애초에 호위란 놈이 호위대상을 의식해서야…'

혁준은 자마쉬를 향해 과장되게 놀란 표정을 지어주었다.

"역시 냄새 잘 맡는데?"

"크악! 너! 죽인다!"

"호위한다면서요…."

"크아아악!"

호위는 모르겠지만 여행길에 놀려먹는 즐거움이 있을 것

같은 녀석이었다.

혁준은 길들인 두 마리 데몬이 모는 마차 안에서 짐을 체크하고 있었다.

"어디보자. 비스킷 육포 밧줄 랜턴 부싯돌…."

꼼꼼하게도 준비했군. 혁준은 나중에 법무관 자리라도 줄까하는 한가한 생각을 하며 기지개를 폈다. 나이펜드리아를 출발한지도 6시간 째. 아직까지 습격자는 없었다. 마차를 끄는 데몬들은 6개의 다리로 지면을 박차고 있었고, 일행은 경쾌한 속도로 이동하는 중이었다.

"뭉크 슬프닥. 여행식량이 떨어졌닥."

"벌써 다 먹었냐?"

"육포 맛있닥. 뭉크 맛에 반했닥."

"넌 맛도 안 보고 삼키잖아"

배낭에서 큼직한 육포를 꺼내 뭉크에게 던져준 혁준은 맞은편을 바라보았다.

비세스가 준비한 큼직한 마차는 덩치 큰 자마쉬가 앉기에도 충분한 고급제품이었다. 팔짱을 낀 자마쉬는 강철 같은 얼굴로 건들지 마시오란 표정으로 눈을 감고 있었다.

"너는 몰리튜드 치곤 상당히 냉정하더군. 화가 나도 무기를 꺼내들지 않다니 솔직히 놀랐다. 정말 몰리튜드 맞나 싶을 정도야."

별로 대답을 기대하진 않고 던진 말이었다. 여전히 자세는 그대로였지만 의외로 자마쉬의 입이 열렸다.

"내 동족들은 어리석었다. 강해지기 위해 제물이나 바치고 거저 얻어지는 힘만을 추구할 뿐. 진정한 전사의 길을 잃고 있었다."

"웃기는군. 너희 몰리튜드는 태어날 때부터 전사일 텐데? 싸움이라면 누구보다 좋아하지 않나?"

"바로 그 점이 문제였다. 지나치게 싸움광이라는 점. 너는 싸움을 안다. 대답해보라. 두 명의 전사가 있다. 흥분으로 미쳐 날뛰는 자와 말없이 차갑게 노려보는 쪽. 둘 중 어느 쪽이 위험하지?"

혁준은 가볍게 고개를 끄덕였다. 당연히 입 다물고 노려보는 쪽이 까다롭다.

"그래서 넌 제물을 안 받았다고?"

"나는 신성을 포기하고 수련에 몸을 받쳤다. 그리고 끝없는 전투에서 나는 기술과 냉정함을 얻었다. 그리고 제물을 바친 적은 없지만 악시온님께선 이런 나에게도 힘을 내려주셨지. 그래서 나는 그 분을 믿는다."

'하지만 네 신은 니들 전부를 버렸는데 말이지.'

혁준은 악신들이 한 짓을 알고 있었다. 그들은 자신의 자식들이 무자비하게 학살당하는 것을 방관하기로 약조했다.

혁준은 가볍게 고개를 저었다. 그 순간 혁준의 감각에 뭔가가 잡혔다. 자마쉬도 뭔가를 느낀 얼굴이었다. 그가 거병을 움켜쥐었다.

"그래 맞다. 드디어 손님이 오는군. 호위."

Part 164 : 추적자(1)

일행을 태운 마차는 미친 듯이 숲길을 내달리고 있었다. 야트막한 구릉지의 비탈사면이 먼지로 뒤덮혔다. 마차는 내달리는 데몬의 흥분에 관성을 더해 폭주하듯 뻗어나갔다.

그리고 그 뒤로 6명의 기수가 후방을 포위하듯 따라 달리고 있었다. 기수를 태운 각 데몬들이 땅을 박찰 때 마다 흙과 돌조각이 튀어 올랐다.

"공격 할까요?"

대열을 이루고 있던 기수 중 하나가 흑의를 덮어쓴 기수에게 다가섰다. 흑의 기수의 방풍복 아래에서 침착한 목소리가 흘러나왔다.

"좋아 확실하게 처리해라. 단 자마쉬란 놈은 조심하도록."

부하는 고개를 한번 숙여보이고는 손을 들어 다른 기수들에게 신호를 보냈다. 신호를 받은 기수 중 두 명이 데몬의 허리춤에 달려있던 장창을 꺼내 들었다.

두 명의 기수가 창을 당겨쥐자, 다른 기수가 거기에 마력을 불어넣기 시작했다. 얼마나 많은 마력을 우겨넣었는지 창끝이 새빨갛게 달아올라 용광로에서 갓 꺼낸 것 같았다. 창에서 아지랑이가 피어올라 공기가 일렁였다. 마침내 더 이상 참을 수 없다는 듯, 잔뜩 당겨 쥔 팔이 용수철처럼 창을 폭사했다.

빠아아아 –

공기가 찢어지는 소리와 함께 두 자루의 창이 밤하늘을 무섭게 가르며 마차를 향해 날아들었다.

수십 미터를 날아온 길이 3미터짜리 창은 그 무게에 실린 물리력만으로도 마차를 으깨버릴 듯 했다.

그러나 창이 마차를 꿰뚫으려는 찰나 마차의 후미가 폭발하며 자마쉬가 튀어나왔다.

비산하는 파편들 사이에서 맹렬한 노호성이 터졌다. 동시에 헬버드가 허공을 갈랐다.

까아앙!

금속이 깨져나가는 소리와 함께 창과 헬버드가 허공에서 얽혔다. 눈이 멀 것 같은 섬광이 튀어오르며 창은 궤도를 빗겨나 관목 숲으로 날아가버렸다. 몇 그루 나무가 쓰러지는 소리가 들려왔다.

하지만 두 번째 창은 자마쉬 옆을 스쳐지나 마차 안으로 빨려 들어갔다.

'이런!'

자마쉬가 사색이 된 얼굴로 뒤를 돌아보았다. 두 자루 모두 쳐낼 생각이었는데 생각보다 실려 있는 힘이 대단했다.

'이런데서 호위 대상이 죽어버리면!'

순간 자마쉬의 눈에 놀라운 광경이 들어왔다.

혁준은 검을 뽑아듦과 동시에 검에 마력을 불어넣었다. 창과 검이 충돌하는 순간 진동검의 감쇠진동 스킬이 최대로 펼쳐졌다. 감쇠진동이 충격파를 흡수하면서 진동절삭 스킬이 창을 갈라냈다.

검과 창에 담긴 마력이 거칠게 충돌했다. 혁준은 검에 더 강하게 마력을 부어넣었다. 마력계수는 마나량을 늘려줌과 동시에 더 큰 마력요구치를 충족시키게 해준다. 진동검이 낼 수 있는 최대스펙의 스킬이 구현되었다.

그 결과 놀랍게도 창이 그대로 둘로 쪼개지며 혁준의 뒤로 빠져나가버렸다. 팔을 스친 창의 파편만 해도 혁준의 물리저항을 가볍게 찢어내는 수준이었다.

'제법이군.'

창에 실린 힘과 그 안에 꽉꽉 채워 넣은 마력. 며칠 전 같았으면 쉽게 막아내지 못했을 것이다. 발굴지에서의 사냥이 신의 한수가 되었다. 혁준의 레벨은 27. 벌써 33에 이르는 마력은 진동검의 스킬을 풀스펙으로 사용할 수 있게 해주었다.

갑주를 사용하면 더 쉽게 막아낼 수도 있었겠지만 그건 마나소모가 컸다. 길어질지도 모르는 싸움에서 마나를 낭비하는 건 위험했다.

혁준은 마차 구석에 머리를 박고 있는 뭉크가 살아있는지 확인한 다음 마차에서 튀어나갔다.

밖에선 이미 추적자들이 자마쉬를 포위한 채 싸움이 벌어지고 있었다.

적은 모두 6명. 두 명이 검과 단창을 자마쉬에게 휘두르고 있었고, 그 뒤로 거리를 두고 두 명의 적이 원거리 공격을 난사하는 중이었다.

상황은 백중세였다. 자마쉬의 거병이 위협적으로 휘둘러질 때마다, 근접전을 벌이던 두 데빌이 뒤로 밀려났다.

하지만 틈을 보고 있던 마도사들이 그때마다 불꽃과 전격을 쏘아내서 틈을 메꾸고 있었다.

적의 목을 칠 기회마다 들어오는 방해에 자마쉬는 매우 노한 상태였다.

"쥐새끼 같은 놈들! 제대로 덤비란 말이다! 비겁하게 뒤에서 깔짝거리다니!"

여기저기 그슬린 몸에서 연기를 피워올리며 괴성을 지르는 모습은 영락없는 광전사 몰리튜드의 모습이었다. 하지만 자마쉬의 눈만은 차갑게 가라앉아 있었다.

'아직 두 명의 적은 참가도 하지 않았다. 적의 전력을 파악하기 어렵군.'

수많은 싸움을 거치면서 자마쉬는 전투가 생각보다 단순하지 않다는 것을 배웠다. 언제나 밑천은 먼저 내보이는 쪽이 손해 보는 법이었다. 특히 적이 전력을 숨기고 있을 때는.

횡으로 휘두른 헬버드가 공간을 갈랐다. 50킬로그램에 이르는 대형 헬버드다. 걸리는 것은 바위라도 달걀껍질 마냥 박살낼 기세였다.

흉험한 기세에 질린 표정으로 뒤로 물러난 두 데빌은 각자 무기를 뒤로 내밀었다. 그러자 멀찍이 물러나있던 마도사들이 순식간에 거리를 좁혀와 무기에 마력을 집어넣었다. 그 동안 전사들은 허리춤에서 유리병까지 꺼내어 무기에 발랐다.

이 모든 과정이 너무나 질서정연하고 순식간에 이루어져서 자마쉬는 구경만 해야하는 처지였다. 그리고 전사형 데빌들은 다시 순식간에 자리로 되돌아와 공격을 찔러넣기 시작했다.

'공격과 보조, 그리고 버프까지. 상당히 훈련이 잘 되어 있군.'

팔짱을 끼고 후방에서 바라보던 혁준은 적을 평가하고 있었다. 에머른 제국의 최고 무장집단이라 할 수 있는 데스바운드 정도면 저 정도의 무위를 보여줄 수 있을까.

혁준은 고개를 저었다. 적어도 데스바운드의 수장급은 되야 할 것이다.

싸움의 양산이 바뀌었다. 자마쉬의 거병을 피하는데 급급했던 두 전사가 이제 공격을 막아내기 시작했다.

산이라도 부술 듯한 기세로 내리치는 헬버드. 어설프게 막아내려 든다면 무기 째로 대나무처럼 쪼개 질 것이 뻔했다.

하지만 두 명의 전사는 각자의 무기를 가위자로 교차하더니 그 사이로 헬버드를 막아냈다. 강화마법이 걸린 듯 헬버드가 부딪히며 굉음을 냈지만 무기는 부숴지지 않았다.

어지간히 훈련을 받았다고 해도 조금만 실수하면 몸이 조각나는 합기였다. 절대 쉬운 일이 아니었지만 두 전사의 표정에는 미동도 없었다.

자마쉬의 두 손이 묶이자 곧바로 뒤에서 원거리 마법이 날아들었다. 화들짝 놀란 자마쉬가 무기를 회수하며 뒤로 풀쩍 물러났다. 그 틈을 놓치지 않고 검을 든 데빌이 칼을 휘둘렀다.

피해보려 했지만 자세가 불안정했다. 검이 다리를 스치자 상처에서 핏물이 튀었다. 곧바로 자세를 되잡은 자마쉬가 거병을 당겨쥐었다. 이 정도 가벼운 상처로는. 그런데 순간 다리가 휘청했다.

'큭… 아까 무기에 바른 게 독이었군.'

상처에서 흐르는 피가 이미 검게 죽어 있었다. 몰리튜드는 기본적으로 독 저항이 높은 편이었다. 하지만 그것까지 고려한 상당한 맹독인 듯 했다. 저릿한 느낌이 다리를 타고 올라왔다. 즉사할만한 물건은 아니지만 이런 전투에서는 가벼운 마비도 치명적이었다.

"잔재주를 부리다니. 전사라면 정정당당하게 싸워라!"

자마쉬가 호통을 쳤다. 소리를 지르면서 기운을 끌어모아 독에 저항할 시간을 벌어보려는 얄팍한 술수였다. 이 정도 훈련받은 자들이 그런 술수에 넘어가 시간을 줄 리가 없었다.

하지만 의외로 적들은 거리를 벌리며 더 이상 공격을 해오지 않았다. 의아한 표정의 자마쉬 앞에 뒤에서 구경한 하고 있던 흑의의 데빌이 앞으로 나섰다.

"전사의 명예를 지키지 못한 것에 대해선 나도 부끄럽군. 자마쉬. 특히 그대 같은 전사에게 이런 일을 해야 한다니 나도 유감스럽다네."

"나를 알고 있나?"

"위명은 익히 들었네. 신격을 받지 않고도 천인장이 된 몰리튜드가 있다고. 나도 처음 들었을 땐 믿지 않았지. 기분 나쁘게 할 의도는 없지만, 객관적으로 봐도 몰리튜드들은 상종 못할 광신도에 전투광이지 않나? 제단에 제물을 올리지 않는 자가 살아남는 것도 이상한데 천인장이라니 농담이라 생각했지."

자마쉬는 쓰게 웃었다. 말 그대로라고 생각하고 있었으니까. 아무리 좋게 봐주려 해도 부락의 동족들은 이성적이라 하긴 어려웠다.

"내 동족들 욕이나 하려고 나온 것은 아닐 테고. 일기토라도 해주러 나온 거냐? 어깨 위가 무거워서 나온 거라면 내가 조금 더 가볍게 만들어주지."

의도를 알 수 없기에 한 번 흔들어 보려고 일부러 도발해보았지만 흑의를 덮어쓴 데빌은 잔잔하게 웃을 뿐이었다.

오히려 더 예의바른 태도로 되받았다.

"그것도 좋겠지만 더 좋은 제안을 하고 싶군. 보다시피 우리는 여섯이고 그쪽은 혼자. 지금 상황을 봐서 알겠지만 싸운다면 십중팔구 우리가 이기겠지. 하지만 우리라고 사상자 없이 이길 거라 생각하진 않네. 그리고 지금 우린 한 명이 아쉬운 실정이거든. 특히 이 애들처럼 진영의 수재들이라면 더 그렇지."

"그래서?"

"적이 무서워 물러날 사람이 아니란 건 아네. 그렇게 봤다면 자네에 대한 모욕이겠지. 내가 말하고픈 건, 대체 저 뒤의 저 자를 왜 보호하고 있느냐는 거지. 어째서 제국의 개가 되어 그들이 사주한 바를 따르는 거지? 애초에 자네종족과 에머른은 적이 아니었나?"

"웃기는 군. 에머른 놈들과 적이었다면 네놈들 역시 마찬가지. 얼굴을 가리고 있어도 네놈 비린내로 알 수 있어. 너 드라고니안이지?"

그 말에 흑의의 데빌이 덮어쓰고 있던 방풍복을 벗었다. 그 아래 드러난 것은 용족, 드라고니안의 얼굴이었다.

"카데린이라 하네. 에머른이 뭘 주기로 했는지 모르겠지만, 우리가 그 이상을 지불하지. 더불어 자네 목숨도 여기서 건지고 말이야. 어떤가?"

"비린내나는 것들에겐 줄 것도 받을 것도 없다. 하지만 내 일을 방해한다면….."

자마쉬는 말 없이 헬버드를 들어올렸다. 명백한 전투의 지의 표현 앞에 카데린은 고개를 저었다.

"유감이군. 뭐 그럼 자넬 죽이고. 우리 볼 일을 해결하는 수밖에."

카데린이 말을 끝내기 무섭게 그의 부하들이 튀어나갔다. 검과 단창이 상단과 하단을 동시에 점하며 찔러들어왔다. 자마쉬는 헬버드의 창대를 교묘한 각도로 세워 두 공격을 막아내며 뒤로 물러났다.

'마비가 어느 정도 풀렸군.'

대화를 하며 시간을 끄는 사이에 독기를 많이 몰아냈다. 놈들은 여전히 집요하게 달라붙으며 독이 묻은 칼날을 찔러댔다.

으득. 자마쉬가 날카로운 어금니로 혀를 씹었다. 핏물이 입 안에 차오르며 혈향이 콧속을 가득 메웠다. 피냄새가 머릿속을 채우자 자마쉬의 눈이 혈광을 띄기 시작했다.

〈광폭화〉

몰리튜드의 피에 흐르는 광전사의 기운이 전신을 채우기 시작했다.

강렬한 흥분과 고양감이 고통을 지운다. 근육에서 혈관이 툭툭 불거지며 근력이 폭발적으로 증가하기 시작했다. 동시에 폭력에 대한 무한한 갈증이 끓어올랐다.

적을 찢어발기기 위한 힘. 그의 본능은 한없이 적의 살을 찢고 뼈를 부수고 내장을 쥐어짜내고 싶어했다.

강렬한 충동의 바다 속에서 자마쉬는 이성의 끈을 붙잡았다.

여기서 무너지면 그냥 광전사일 뿐이다. 자마쉬는 동족들이 신성을 얻기 위해 피에 미쳐 날뛸 때, 진짜 전사가 되기 위해 홀로 수련에 수련을 거듭해왔다. 이성을 잃고 전투에 임하는 동족들은 전사가 아니라 그냥 싸움꾼이었다. 물론 그에게도 피의 본능은 있었다. 광폭화 생태가 일으키는 강렬한 힘은 그에게도 매력적이었다. 자마쉬 그 힘을 이성을 유지한 채로 이용할 수 없을지 연구했다. 수년을 수련한 끝에 마침내 그는 어느 정도 이성을 유지한 상태로 광폭화 상태를 만들 수 있게 되었다. 뿐만 아니라 새로운 기술도 얻을 수 있었다.

어마어마한 속도로 휘둘러진 헬버드의 날에 푸른 강기가 어렸다. 어떤 마법적인 기교도 없이 순수하게 압축된 마나로 의지의 힘으로 빚어낸 칼날이었다. 강화마법이 걸린 두 자루 검과 단창이 유리처럼 박살났다. 헬버드는 단창을 들고 있던 전사의 어깨부터 사타구니를 쪼개고 대지에 틀어박혔다.

"크르르르!"

짐승의 울음소리.

혈광이 어둠속에서 궤적을 그리며 움직였다. 그 궤적의 두 번째 목표는 부러진 검을 들고 얼어붙은 얼굴을 한 적이었다.

쿠르릉–

헬버드에 사람만한 바위가 박살이 났다. 혼자서는 도저히 막을 수 없는 강격에 추적자는 혼비백산하며 몸을 날렸다.

바닥을 몇바퀴나 구르며 먼지투성이가 된 그의 목숨을 구한 것은 뒤에서 쉴새 없이 지원 마법을 날려준 마도사들이었다. 하지만 마도사들이라고 상황을 반전시키진 못했다.

광폭화 이후로 자마쉬는 어지간한 마법에 직격을 맞아도 꿈쩍도 않고 있었다.

여기저기 그을린 털에선 연기가 피어오르고 전격에 타버린 피부에선 진물이 흘렀지만 흉험한 기세는 전혀 줄지 않고 적을 더욱 압박하고 있었다.

게다가 몇 번은 날아오는 마법을 향해 핼버드를 휘두르기도 했다.

거병을 감싸고 있는 푸른강기는 마법조차 베어냈다. 베인 마법은 포말처럼 허공에 흩어져버렸다.

'과연 비세스가 추천 할 만 하군'.

강기를 본 혁준은 고개를 끄덕였다. 순수한 마나는 스킬이나 술식으로 마법화하지 않으면 그 자체로썬 쓸모가 없다. 저런식으로 마나 자체를 압축해서 무기에 씌우는 방식은 혁준도 생각해 본 적이 없었다.

마나는 몸 밖으로 나오는 순간 흩어지고자 하는 성질이 있었기 때문이다. 그걸 붙잡아두고 자유자재로 다룬다는 것도 어려운 일이지만 무기에 씌우기까지 하다니. 더구나 그 파괴력은 상상이상이었다.

'하지만 분명 마력소모는 극심 할 터. 게다가 직격으로 맞은 전격이나 화구의 데미지가 사라지는 것도 아니다.'

보통은 느끼지 못 할 테지만 압도적인 전투경험이 준 예리한 감각은 자마쉬가 초조하게 서두르고 있음을 알리고 있었다.

마법에 의한 직격을 허용하면서도 공세를 늦추지 않는다는 게 그 증거.

혁준은 냉철한 눈으로 전황을 분석하고 있었다. 한 놈이 죽으면서 분위기는 완전 반전됐지만 대장인 카데린은 미동도 하지 않고 있었다. 뭔가를 차분히 기다리고 있다. 뭘까?

혁준은 아까의 대화를 떠올렸다. 회유? 아니 회유라면 좀 더 그럴듯한 걸 내밀었어야 한다. 그건 회유라기보단 잡담에 가까운….

혁준의 안광이 번뜩였다.

혁준의 손이 번개같이 진동검을 뽑아들었다. 발검이 어찌나 빠른지 검집에서 불꽃이 튀어 올랐다. 동시에 〈어둠살이 갑주〉의 다리를 구현하며 지면을 박찼다.

다리 근력에 갑주의 힘까지 더 해지자 혁준은 마치 번갯불이 튀는 것 같은 속도로 날아갔다. 순식간에 50여 미터 거리를 제로로 만들면서 그대로 검을 휘둘렀다. 검격 안에 든 모든게 슬로우모션처럼 움직이는 듯 했다. 마도사의 눈이 커다래지며 입이 반쯤 열린다. 동공이 확대되고 미세한 얼굴근육이 떨리는 게 보였다. 순간 검이 목을 베고 지나갔다.

미처 주문을 영창하기도 전에 허공으로 뜬 머리는 아직도 영문을 모르겠다는 표정이었다.

단 한순간의 멈춤도 없이 검이 두 번째 마도사의 심장을 찔러 들어갔다. 혼비백산한 마도사가 겨우 늦지 않게 방어 주문을 완성시켰지만 반탄력을 이기지 못하고 뒤로 날아가고 말았다.

[22레벨 마도사 처지. 경험치를 획득합니다.]

약간 뒤늦게 메시지가 떠올랐다. 혁준은 검에 묻은 피를 털어내고 말 없이 카데린을 노려보았다.

"뭐냐? 이 정도는 내가 처리할 수 있다."

갑작스런 개입에 굳어 있던 자마쉬가 뒤늦게 입을 열었다. 타고난 전사답게 자신의 전투에 누가 개입하는데 불쾌감을 느낀 것이다. 하지만 이어지는 혁준의 이야기에 자마쉬는 불평을 꺼낼 수 없었다.

"다섯이다."

"갑자기 무슨 소리냐? 다섯이라니…."

"처음 추적자는 여섯이었다. 지금은 다섯밖에 안 보이는군. 그럼 하나는 어디로 갔을까? 멍청아."

자마쉬의 등줄기에 차가운 것이 스쳐지나갔다. 뭔가 잘못 됐다.

그 때서야 그 느낌이 현실화 된 것 같은 소리가 귀에 들어왔다.

뿌우우—

언덕 넘어로부터 뿔피리 소리가 울려 퍼졌다. 동시에 들판을 넘어 땅을 울리는 소리가 전달되었다. 땅울림 소리 넘어로 카데린의 비웃는 목소리가 들려왔다.

"나는 결코 상대를 과소평가하지 않는다네. 오히려 과대평가하는 편이지. 준비가 모자라 일이 틀어지는 경우는 있어도 그 반대는 없거든. 하물며 몰리튜드 천인장을 상대로 얕볼 리가 없잖나."

"으드득. 숨겨둔 쥐새끼가 더 있었군."

자마쉬가 이를 부득부득 갈았다. 추적자가 더 있는 줄 알았다면 도주를 선택했어야 옳았다. 지금 보니 회유를 칭한 것도 시간을 끌려는 졸렬한 수법이었다. 카데린은 능글능글하게 말을 이었다.

"숨겨두다니. 자네들 찾느라고 흩어져 있던 애들을 모아 온 것 뿐 이라네."

카데린의 웃는얼굴 뒤로 데몬기병대가 먼지바람을 일으키며 달려오고 있었다. 그 수는 대략 50여 기.

자마쉬의 눈에 낭패감이 어렸다. 아마 최정예는 아닐 것이다. 대장과 함께 행동하는 놈들이 가장 정예일 테니까. 하지만 지금 상대하는 놈들보다 한 수 떨어지는 놈들이라도 숫자가 너무 많았다.

그 때 강혁준이 입을 열었다.

"상대를 과소평가 하지 않는다고 했나?"

얼음처럼 차가운 목소리였다. 그 서늘한 살기에 카데린이 움찔했다. 카데린은 뒤를 슬쩍 돌아보았다. 달려오는 기병이 무려 오십이다. 분명 오줌지릴만한 상황일 텐데 상대의 목소리에는 공포감이 전혀 없었다. 공포는커녕 아주 약간의 불안감도 보이지 않았다.

"과연 나 강혁준을 상대로 얼마나 공정한 평가를 내렸는지 궁금하군."

일갈도 아니었다. 그냥 무심한 질문이었다. 이런 상황에서 무심함이라니. 상황에 너무 맞지 않기에 오히려 위압적이었다.

카데린은 기세에서 밀리려는 자신에게 아연함을 느꼈다. 과거 집정관의 강함은 모르는 바가 아니었다.

하지만 지금은 그 육체를 잃었다. 분명 방금 자신의 부하를 벤 일격은 놀랄만하다. 하지만 카데린은 멀리서나마 과거 강혁준의 강함을 본 적이 있었다. 이자가 그 때의 강혁준이라면 자신들은 이미 뼛가루도 남지 않았을 것이다. 집정관은 아예 규격 외의 괴물이었으니까.

"흥. 웃기지 마라. 네가 집정관 강혁준이라 해도 지금은 과거의 네가 아니다. 평범한 데빌의 몸으로 벌써 거기까지 강해진 것에는 경의를 보내지. 하지만 여기가 네 무덤이다."

어느 새 기병대가 일행을 반포위 형태로 둘러싸고 도열해 섰다. 땅을 긁으며 돌진을 준비하는 데몬들의 붉은 눈들이 사방에서 번쩍거렸다. 그 위로 기수들이 각자의 무기를 꼬나쥐었다. 살기로 번득이는 병사들의 눈빛 앞에서 강혁준은 미소짓고 있었다.

✛

"빌어먹을 좀 뒈지란 말이다앗!"

창을 내지르는 데빌의 목소리는 기합보다는 비명에 가까웠다. 하지만 회전력을 잔뜩 머금은 창은 혁준의 방패를 맞고 빗겨나갔다. 당연하게도 방패는 불꽃과 굉음만이 아니라 반탄력도 되돌려주었다.

공격자의 몸이 기우뚱 기울어지는 사이 혁준의 세 번째 팔이 들고 있던 도끼가 머리를 노리고 날아들었다.

콰드득.

간신히 피해냈지만 타고 있던 데몬의 머리는 여지없이 쪼개져버렸다. 쓰러지는 데몬과 함께 창병은 볼썽사납게 바닥을 굴렀다.

"크아악! 괴물새끼야!"

분노에 찬 기병이 욕설을 내뱉었다.

양손에 검과 어깨 위로 튀어나온 갑주의 팔로 각각 방패와 도끼를 든 혁준은 마치 네 개의 팔과 네 개의 다리를 가진 괴수를 연상시켰다.

정말 미치겠는 점은 그 동안 훈련해온 어떤 대인기술도 무의미하다는 점이었다. 대인 검술이란 기본적으로 이족 보행에 팔이 둘 달린 적을 상대하는 기술이었다. 검의 경로부터 자세 어딜 막고 어딜 베어야하는지는 모두 이런 기본적인 전제를 대상으로 연구되었다.

그런데 기가 막히게도 상대는 사족 보행이 가능하다. 인간이라면 절대로 넘어져야하는 자세에서도 갑주의 다리가 균형을 지탱해주고 바닥을 쓸 듯이 휘둘러지는 검은 사각에서 튀어 오른다. 이것만 해도 미치겠는데 두 개의 팔이 더 있는 것이다. 그것도 자기들한테 뺏은 무기를 쥐고.

게다가 혁준은 마치 태어날 때부터 팔다리가 4개로 태어난 것처럼 움직이고 있었다. 어찌나 자연스럽고 날카롭게 공격하는지 당장 사(四)검류 검술을 창시해도 될 기세였다.

'이제 좀 익숙해지는군.'

끊임없이 검을 휘두르면서 갑주에 의지를 보내는 것은 쉬운 일이 아니었다. 내부에 기생하는 갑주에게 의지를 보내면 갑주는 충실하게 명령을 이행한다. 하지만 자기 팔다리를 움직이는 것처럼 자연스럽진 않았다. 어느 날 꼬리가 생긴다고 꼬리를 마음대로 움직일 수 있겠는가. 상대적으로 움직임이 단순한 방패와 도끼를 뺏어든 것도 그만큼 어렵기 때문이었다. 하지만 전투가 진행될수록 요령이 생겼다.

과거 강혁준의 패시브 스킬은 〈전투지능〉이었다. 영혼에 각인된 전투에 대한 센스는 4개의 팔다리를 움직이는 서커스를 가능하게 해주고 있었다.

[19레벨 창기병 처지. 경험치를 획득합니다.]

[15레벨 검투사 처지. 경험치를 획득합니다.]

[17레벨 돌격병 처지. 경험치를 획득합니다.]

적의 수급을 벨 때마다 경험치가 미친 듯이 올라갔다.

전투중이라 스탯을 배분할 순 없었지만 알림음은 전투 의욕을 올려 주는데는 그만이었다.

'좋군. 새로운 경험치는 언제나 환영이지. 특히 지금은 더욱.'

혁준은 발굴지에서 수정과의 대화를 떠올렸다.

〈마룡 알드스레아의 심장석을 흡수하면 새로운 스킬을 개화할 수 있습니다. 하지만 지금으로선 도전을 말리고 싶군요. 마룡은 그만큼 강대하니까요. 굳이 목숨걸고 모든 스킬을 얻을 필요는 없지 않습니까.〉

〈하하. 미안하지만 난 모든 스킬이 다 필요하거든.〉

지상으로 올라가기 전에 어비스에서 얻을 수 있는 건 뭐든 짜낼 생각이었다. 특히 뒤로 갈수록 강대한 능력을 준다는 7개의 스킬술식은 모두 개화해야 한다. 그렇지 않으면 지상에 올라가서 자기 자신도 이길 수도 없을테니까.

'정말 내 몸이지만 무식하게 강하단 말이지'

두 검을 가위자로 교차시켜 데빌 하나의 목을 썰어내면서 혁준은 쓰게 웃었다.

한 쪽에선 자마쉬가 세 명의 적을 상대로 그럭저럭 선전을 해주고 있었고, 혁준의 주변에는 벌써 20여 명의 데빌들이 피투성이가 되어 쓰러져 있었다. 심장이나 목, 혹은 폐와 같은 치명적인 급소에 뚫린 구멍에서 생명이 흘러나왔다.

"이런 말도 안 되는…."

카데린이 기가 차다는 얼굴로 전장을 바라보았다. 집정관만 없다면 에머른 내부의 불만세력과 추종자의 잔당무리를 모아 독립국가를 건설하는 것도 가능하다고 생각했다. 물론 그 국가는 에머른의 부를 빨아먹는 기생국가의 모양에 가깝게 되겠지만 제국에는 분열을 막을만한 힘이 없다.

구심력이 없는 신생제국은 그 역사도 짧다. 구성원에게 소속감이 없는 국가만큼 분열되기 쉬운 것도 없었다.

그런 멋진 신세계를 위해선 강혁준이 영원히 돌아오지 않는 게 좋다. 물론 가장 좋은 건 시체가 되어주는 일이었다.

그런데 그 첫 단추부터 엄청 꼬이고 있었다. 이 일의 중요성을 생각한다면 실패시 자신의 상관이 어떻게 나올지 안 봐도 뻔했다.

'제기랄! 그럴 순 없어. 차라리….'

카데린이 옆에 있던 부관에게 눈빛으로 지시를 내렸다. 부관은 굳은 얼굴로 고개를 끄덕인 다음 팔찌에 가볍게 마력을 불어넣었다.

부관이 착용하고 있는 팔찌는 근거리에서 대화를 주고받을 수 있게 해주는 마도물품이었다. 같은 지휘를 받고 있지만 마도사와 전사들은 소속이 달랐다.

추적자들 중 마도사들에게만 지급된 팔찌를 통해 비밀스런 명령이 내려졌다.

　너무 많은 아군 때문에 뒤에서 공격마법을 날리기 어려웠던 마도사들은 무기에 강화마법을 걸어주거나 보호 주문을 걸어주는데 집중하고 있었다.

　하지만 그들도 하나씩 주검이 되어 바닥을 뒹구는 전사들을 보면서 초조감을 느끼고 있었다. 사실 전사들과 마도사들은 그리 좋은 사이라고 할 순 없었다.

　내부적으로 은근히 알력다툼이 있었기에 서로 공을 다투는 사이였다. 하지만 당장 입술이 없으면 이가 시린 법. 지금 같은 경우는 이가 시린 정도가 아니라 자기들 목이 날아갈 판이었다.

그때 팔찌에서 따뜻한 기운이 느껴졌다. 곧 머릿속에서 단장의 목소리가 쩌렁쩌렁하게 울렸다.

〈전원! 전사들에게 '피의 고리'를 사용한도록.〉

〈예? 하지만 단장님 저들은 전투 노예가 아닙니다. 게다가 그걸 쓰면….〉

〈잔말 말고 시행해! 여기서 같이 죽을 셈이냐!〉

〈하지만 '인장의 고리'를 착용하고 있지 않으면 술법이 발동되지가 않습니다.〉

〈걱정 마라 . 그들은 착용하고 있으니까….〉

〈그럴 수가….〉

평소에 사이가 좋지 않았지만 그래도 같은 편이라고 생각하고 있었다. 소모품인 전노(戰奴)들에게나 쓰는 피의 고리를 쓴다는 게 꺼림칙했다.

망설이던 마도사들의 눈에 독기가 서렸다. 어차피 명령은 명령. 게다가 인장의 고리를 착용했다는 건 각오가 되었다는 뜻이겠지. 머리 한켠으로 합리화까지 완료되자. 마도사들은 하나 둘씩 주문을 영창하기 시작했다.

'순조롭군.'

혁준은 뒤를 찔러들어오는 도끼병에 로우킥을 먹이면서 동시에 갑주를 조종해 방패로 백핸드 풀스윙를 날렸다. 강철을 덧댄 방패에 강격을 맞은 도끼병은 그대로 붕 날아가서 뒤에 있던 창병 하나와 엉켜 뒹굴었다.

주위에 남은 적의 수는 처음의 절반도 되지 않았다. 혁준은 남은 마나량을 체크했다. 아직 마나에는 여유가 있었다. 남은 놈들을 처분하고도 차고 남을 양이었다.

오십이라는 숫자로 압승을 생각하고 있던 적들은 이제 오히려 수세몰린 기세였다.

'이길 수 있다… 이건 이길 수 있어! 이럴 수가 이 숫자를 오히려 압도하다니.'

뒤에서 헬버드를 폭풍처럼 휘두르며 적을 압박하고 있던 자마쉬는 혁준의 무위에 사실 기가 질릴 지경이었다. 제법 칼 다룰 줄은 안다고 생각은 했었지만, 어디까지나 겁 없는 애송이타입이라 생각하고 있었다. 그런데 이제보니 자기가 호위하고 있던 대상은 아예 괴물이었다. 게다가 아까 카데린이 말한 것이 진짜라면….

'저자가 집정관이었다고? 허나 도저히 믿기가 힘들군.'

그 때 갑자기 전사들의 목에서 뭔가가 빛나기 시작했다.

'뭐지?'

전사들은 하나 같이 목에 금색의 목걸이 같은 걸 차고 있었다. 단순한 방어용 아티펙트 정도로 생각하고 있었는데 갑자기 거기서 빛이 흘러나오는 것이다.

자신의 목걸이에서 나오는 붉은 빛을 본 전사들의 얼굴에 당혹감이 어렸다.

"이게 뭐… 뭐지?"

하나 둘 빛이 들어오던 목걸이는 이제 모든 전사들의 목에서 빛나고 있었다.

무슨 일이 벌어지는지 알 수 없는 혁준과 자마쉬도 잔뜩 무기를 당겨 쥐고 방어자세를 취했다.

마도단장은 침음성을 흘리며 카데린을 노려보았다. 단장은 전사들이 언제든 자신을 희생 할 준비가 되어있기에 인장의 고리를 착용했다고 생각하고 있었다. 하지만 저들의 표정이나 반응으로 봐선 자신이 찬 고리의 의미를 전혀 모르고 있는 게 틀림없었다. 무엇보다 인장의 고리는 저런 형태가 아니다.

단장의 매서운 눈빛에 카데린이 빙긋이 웃었다.

"아 보통 인장의 고리는 은색에 팔찌거든. 금색의 목걸이 형태로 바꾼다고 고생 좀 했지."

"…평범한 목걸이로 속인 겁니까? 아군에게 어찌 그런 짓을 한단 말입니까!"

"닥쳐라! 모든 건 대의를 위해서다. 어차피 이대론 패배할 뿐이다. 그렇다면 목숨으로 승리를 쟁취하는 게 진정한 전사의 길. 그리고 이 일은 불문에 부치도록 해라. 어차피 너도 이 일에 일조했으니 쓸데없는 소릴 하면 너 또한 무탈하긴 어려울 것이다."

마도 단장은 기가 막힌 심정으로 입만 뻐끔거렸다. 그러는 동안에도 피의 고리 주문은 착실히 진행되고 있었다.

목걸이에서 나온 붉은 빛은 이제 온 몸을 감싸고 있었다.

전사들의 눈에 핏발이 서렸다. 혈관이 툭툭 불거지고 마치 온 몸의 피가 제멋대로 살아 날뛰는 것 같았다. 피가 살아있는 생물처럼 살을 찢고 튀어나왔다. 허공을 더듬던 피는 옆에 있던 전사의 몸을 창처럼 꿰뚫었다.

"뭐냐! 이 더러운 짓을 그만두지 못할까!"

악랄한 사술을 본 자마쉬가 노성을 터트렸다. 사람 머리를 잘라 제물로 바치던 몰리튜드들과 살아온 자마쉬에게도 이런 장면은 아연했다. 피의 창에 꿰인 전사의 몸에서 핏줄기가 터져 나왔다. 마치 한 실에 꿰인 구슬들처럼 전사들이 차례차례 꿰였다. 그리고 핏줄기와 데빌로 이루어진 목걸이가 완성됐다.

어느 순간 허공에 붉은 구슬이 생겨났다. 구슬은 피에 꿰인 전사들을 끌어들이기 시작했다. 구슬픈 비명소리와 함께 전사들이 구슬을 중심으로 한 덩어리로 뭉쳐들었다.

고통의 찬 비명과 신음소리가 여기저기서 흘러나왔다. 그리고 전사들의 뼈와 살이 해체되기 시작했다. 우드득 소리와 함께 대퇴골이 살을 뚫고 튀어나왔다.

피륙이 찢어지는 끔찍한 소리와 함께 비명소리는 커지다가 이윽고 잦아들었다. 그래도 절명한 전사들의 해체는 멈춰지지 않았다. 근육과 뼈, 내장이 꾸물꾸물 움직이며 부풀어올라 어떤 형상을 이루기 시작했다.

마치 조각품이 뼈와 살로 만들어지는걸 보는 것 같았다.

완성된 것은 키가 3미터쯤 되는 상당히 그로테스크한 모양의 표범이었다. 표범이란 것도 움직임이 고양이과를 연상시킨다는 것 정도의 동질성 밖에 없었지만.

고작 20여 명의 데빌을 갈아 넣어 만든 것인데도 말 도 안 되는 크기였다.

'질량보존의 법칙 같은 건 이미 없는 세상이라 이건가.'

혁준은 자기도 모르게 실소했다. 높이가 3미터면 체장은 최소 10미터는 된다. 20명의 뼈와 살로 도저히 만들어낼 물건이 아니었다.

안구를 수십 개 뭉쳐서 만든 외눈이 아래를 내려다 보았다. 핏발 선 수십 개의 눈. 자마쉬는 태어나서 처음으로 소름이 쭉 돋는 걸 느꼈다.

퀘아아앙 ―

목표를 포착한 괴물이 포효를 내질렀다. 귀를 틀어막고 싶어지는 날카로운 포효였다.

"운이 좋았군."

카데린은 기분 좋은듯이 웃었다. [피의 고리] 주문은 인장의 고리의 착용자를 희생해서 괴물을 만들어낸다. 하지만 어떤 놈이 나올지는 나오기 전까지는 알 수 없었다. 희생되는 제물이 얼마나 강한지와 운에 따라 결과가 다르다.

이번엔 운이 좋았는지 아니면 나름 진영의 일류전사들을 희생 한 덕인지 1등급이 나온 것이다.

'외눈박이 살표범. 이 정도면 저 놈을 장사 치르는데 부족함이 없을 것이다. 나도 슬슬 도망 갈 준비를 해둬야겠군.'

피의 고리 주문의 최대 단점은 꺼내 놓은 괴물이 피아구분을 못 한 다는 점이었다. 지금은 강혁준과 자마쉬를 공격하고 있지만 놈들을 찢어발긴 후에는 이쪽을 공격할 확률이 높았다. 어차피 시간이 지나면 저절로 무너져 내릴테니 뒤처리는 걱정하지 않고 도망치는 게 상책이다.

그때 땅을 뚫고 뭔가가 솟아올랐다. 마치 땅에서 거목이 튀어나온 것처럼 맹렬한 속도로 촉수가 튀어나왔다.

두두두두두-

4개의 촉수는 반투명한 초록빛을 띄고 있었고 높이가 30여 미터에 달했다. 거대 신전의 기둥 같은 촉수들이 사방을 점하는 가운데 혁준이 싸늘하게 웃었다. 몸에서 썰물처럼 마나가 빠져나가고 있었지만 오히려 마나를 더 끌어모아 쏟아 넣는다.

소환된 〈결박하는 에테르의 채찍〉이 한꺼번에 휘둘러졌다. 체장이 10미터에 이르는 살표범도 이 거대한 채찍 앞에서는 강아지 같은 크기였다. 신화속의 거인이 휘두르는 채찍같은 촉수가 지면과 살표범을 동시에 강타했다.

꽈아아앙.

천지가 진동하는 소리. 흙먼지와 섞여 피와 살점이 튀어올랐다. 둘이 섞이자 마치 촉수 아래서 붉은 안개가 뿜어져 나오는 것 같았다. 대지에도 상처가 새겨졌다. 밭고랑을 수천 배의 크기로 확대해 놓은 것 같은 자국.

지켜보고 있던 모든 자들이 숨을 죽였다. 주문을 시전한 마도사들도 카데린도 경악에 휩싸여 굳어 있었다. 자마쉬는 말을 잊고 숨을 헐떡였다.

잠시 후 촉수가 포말이 되어 흩어지고 충돌로 일어난

먼지가 바람에 휘날려 시야가 확보되었다. 모든 이들의 집중된 시선 아래 충돌의 결과가 드러났다. 거기엔 사체가 있었다. 피떡이 되어 형체도 알아 볼 수 없게 된 살표범의 사체였다.

'아직은 한 번 휘두르는 정도가 한계인가?'

외눈박이 살표범을 보는 순간. 혁준은 어지간한 기술로 공격해봐야 계속해서 재생하는 타입이라는 것을 직감했다.

다리 하나 잘라내는 것 정도는 순식간에 복원해 버릴 것이다. 이런 경우에는 단번에 쳐 죽여야 한다. 재생할 만한 여지를 전혀 남기지 않는 압도적인 강격으로.

에테르의 채찍은 일반적으로 가늘고 긴 덩굴형태로 소환해서 발을 묶는 식으로 쓰인다. 그 쪽이 마나 효율도 좋고 상대의 방어주문을 깨는 특성을 이용하기도 좋다.

혁준은 발상을 바꿔 공격력을 극대화하기 위해 수백줄기의 덩굴을 하나로 엮어 기둥으로 만들어 낸 것이다.

덕분에 마력소모가 엄청났지만 효과는 확실했다. 그리고 적을 죽이는 순간….

[레벨 65 외눈박이 살표범 처치. 30레벨 이상 차이나는 상대를 제압했습니다. 새로운 스킬을 얻었습니다.]

'이건?'

또 다른 스킬을 얻는 조건이 달성된 것이다.

조슈아의 몸에 새겨진 스킬과 특성을 얻기 위한 정보는 수정이 알려주었다. 그 중 하나가 알드스레아를 처치하는 것. 하지만 수정도 모든 조건을 알고 있지 않았다. 자신보다 고레벨의 적을 처치하는 것. 이건 수정도 모르고 있었던 정보였다.

연속해서 메시지가 주르륵 떠오른다.

〈고유특성을 획득하였습니다.〉

[마정호흡(SS등급)(액티브) : 대기로부터 마나의 정수를 흡수합니다. 스킬을 사용함으로써 마력치를 영구적으로 높일 수 있습니다. 단 마정호흡을 사용하는 동안에는 외부 충격에 매우 취약해집니다.]

[보너스 능력치로 힘, 감각, 민첩, 체력, 마력 스탯에 각각 30의 추가 능력치가 붙습니다.]

"이럴 수가…"

부지불식간에 혁준은 탄식음을 내뱉었다. SS급 고유특성이라니. 들어본 적도 없었다. 게다가 각각 30의 능력치 추가라니. 생각도 못한 엄청난 보너스였다. 총합 150에 이르는 능력치가 적용되자마자 몸의 변화가 확실히 느껴졌다. 우선 몸을 휘감는 마나량이 곱절로 늘어났다.

감각이 확장되면서 청력과 시력, 공감각능력이 무섭도록 예리해졌다. 그리고 엄청나게 늘어난 근력은….

혁준은 돌맹이를 하나 주워들었다. 손안에 힘을 주자 단단하기 그지없는 차돌이 단번에 바스라져 흘러내렸다.

손을 툭툭 털면서 혁준이 입을 열었다.

"그러니까 싸움을 걸 때는 상대를 보는 눈이 있어야 오래 사는 거야. 카데린."

카데린의 얼굴이 핼쑥하게 질렸다.

Part 167 : 군주

혁준은 검에 묻은 피를 닦아냈다.

남은 마도사들은 큰 주문을 쓰느라 힘이 빠진건지 별 다른 저항도 못하고 목이 베이고 말았다.

최후의 발악으로 단장이 몇 가지 마법을 쏟아냈지만 이미 상대가 아니었다. 얼마 버티지 못하고 배에 구멍이 나서 바닥을 뒹군다. 피웅덩이에 머리를 박은 단장은 거품을 뿜어올리다 절명했다.

혼자 남은 카데린은 데몬을 타고 도주를 시도했지만 혁준이 에테르 채찍을 길게 늘려 후려치자 그대로 낙마해서 바닥에 떨어졌다. 채찍에 발목이 잡혀 질질 끌려온 카데린은 곧 자신을 한심하게 바라보는 두 데빌을 마주하게 되었다.

"한심하군. 수장이라는 자가 어찌 수하를 잃고 도망을 치는가?"

"그것보다 아까 너 무게 잡았잖아? 꼴에 긍지 있다 우기는 드라고니안인데 혼자 살아가서 뭐하게?"

조롱과 멸시어린 눈빛. 평소의 카데린이었다면 분노했을 것이다. 드라고니안으로 태어난 인생에서 이런 수치와 모욕을 받을 일이 없었다. 카데린의 어깨가 꿈틀했다. 드라고니안의 육체는 그 자체로 이미 완성된 전사다.

'전투형태로 변이하면…'

카데린은 고개를 들어 혁준을 보았다. 재미있다는 듯이 싱글싱글 웃고 있다. 하지만 그 안에 차갑게 가라앉은 눈은 확신을 주고 있었다. 공격하면 시도도 해보기 전에 확실히 죽는다. 그 눈을 보고 있으니 모든 전투의욕이 꺾여나갔다. 그럼에도 카데린은 살고 싶었다.

"살려다오. 살려만 준다면 너를 주인으로 모시겠다. 원한다면 맹세라도 하지"

"웃기시는군. 너 같은 놈의 맹세가 무슨 의미가 있지? 쓰레기가 맹세 운운해봐야 별 감동이 없다. 내가 널 믿을 거라 생각하다니 너 좀 모라자냐?"

"크윽…"

카데린이 이빨을 사려 물었다. 긍지 높은 드라고니안이 맹세란 말까지 꺼내들었는데 무슨 개가 짖냐는 표정이었다. 혹시 이놈은 모르는 건가. 맹세의 의미를.

"드라고니안에게 맹세는 단순한 약속이 아니다. 우리 종족은 한 번 세운 맹세는 어길 수 없다. 맹세를 하겠다며 거짓말을 할 수도 없다. 그러니까 이건 내 진심이다."

카데린의 말은 모두 사실이었다. 하지만 혁준은 그 말을 믿을 수도 믿을 필요도 없었다. 사실 큰 관심도 없었다. 곧 알드스레아의 영역권이다. 뒤통수에 찝찝하게 뭘 남길 필요는 없겠지.

검을 들어올리던 혁준에게 갑자기 메시지가 떠올랐다.

[최초의 백성이 고개를 조아립니다. 조건이 만족되어 새로운 특성을 획득합니다.]

다시 연결되는 메시지가 이어졌다.

〈고유특성을 획득하였습니다.〉

[군주의 길(SS등급)(패시브) : 백성을 받아들일 수 있습니다. 당신의 백성들에게 '룰'을 강제 할 수 있습니다. 백성에 대한 절대 명령권을 가집니다.]

[새로운 스탯 '지휘력'이 생겼습니다. 지휘력은 최대 백성의 숫자를 결정합니다.]

뭐지 이건. 이제 와서 군주라니?

판데모니엄이 처음 일어났을 때 사람들은 각자 살 길을 찾아야했다. 시체가 산을 쌓고 이대로 인간은 전멸하는 게 아닐까 하는 무렵, 정수를 먹고 각성자들이 나타나긴 했지만, 역시 인간은 약했다. 힘을 합쳐야만 겨우 막아낼 수 있는 적.

그래서 길드가 생겨났다. 각자 마음 맞는 사람끼리 혹은 무력을 중심으로, 또는 이득을 위해서 이유야 여러 가지였지만 하나 같이 생존을 위해서 인간은 뭉쳤다.

그 결과 비약적으로 생존율이 오르긴 했다. 하지만 그들을 과거의 국가와 같은 존재라고 부를 순 없었다. 법치라는 견고한 시스템으로 모든 구성원을 옭아맬 수 없는 한 길드의 한계는 명확했으니까. 그저 외부의 너무 많은 위험요소가 서로를 배신하지 않게 만드는 데 불과했다.

하지만 만약 모든 길드원을 법으로 묶을 수 있다면? 그것도 과거의 법치국가처럼 일탈자의 사후적 처벌로 조직을 유지하는게 아닌 일탈자체를 불가능하게 만드는 조직이라면?

아니 너무 나갔는지도 모르지.

"나와 같은 편이 되고 싶다 했나?"

혁준이 은근한 목소리로 물었다. 그 말을 들은 카데린의 표정이 확 살아났다.

"그… 그렇습니다! 거두어 주신다면 견마지로를 다 하겠습니다."

벌써 말투까지 바뀌었다. 생존의지 하나는 정말 투철했다.

"견마지로라… 그 말 잊지 말도록. 좋아 그럼 널 내 백성으로 삼아주지. 기뻐하라고. 넌 내 첫 번째니까."

혁준이 선언하자. 카데린의 눈앞에 홀로그램창이 떠올랐다. 예상밖의 상황에 당황하면서도 창에 적힌 글을 읽어보았다.

[수락합니까?]

창에 적힌 문구는 간단했다. 카데린이 고개를 끄덕였다. 승낙의 표시를 하자 홀로그램창은 그대로 카데린의 목덜미로 파고 들었다. 화끈한 느낌이 드는가 싶더니 목덜미에 룬 문양이 새겨졌다.

"이건?"

"내 백성이 되었다는 증거지. 기쁘지? 자아 그럼 첫 번째로 명령을 내리도록 하지. 솔직하게 대답해봐. 진짜 나한테 충성 할 생각이었어? 뒤통수 칠 생각은 없었고?"

카데린은 어찌 그런 말씀을 하냐고 소리치고 싶었다. 아니 정확히는 소리칠까 생각을 했다. 하지만 입은 자기도 모르게 정직한 소릴 뱉고 있었다.

"틈이 있다면 파고 들 생각은 있었…습니다. 하지만 맹세를 하면 지켜야한다는 건 사실입니다. 최악의 경우라도 목숨만 부지 할 수 있다면 남는 장사라 생각했습니다."

카데린은 황당한 기분이었다. 이것보다 좀 더 환심을 살 수 있게 말 할 수도 있었을 텐데. 혁준은 만족스럽게 고개를 끄덕였다.

"확실히 거짓은 없는 듯 하군. 그래… 정말 내 밑으로 들어올 생각이었단 말이지. 그럼 이거 좀 미안한데. 난 네가 절대로 뒤통수 칠 꺼라 생각했거든."

"아닙니다. 그렇게 생각하셔도 제가 할 말이 없지요. 미안해 하실 것 전혀 없습니다."

"아니 그거 말고. 지금 내리는 명령 말이야. 다음 명령인데. 거기 칼 하나 주워서 자결하도록."

"그… 그런 말도 안 되는…."

입은 온갖 부정어를 내뱉고 있었지만 카데린의 손은 충실하게 명령을 이행했다. 부러진 검을 쥔 손이 자기 복부를 파헤치기 시작한 것. 입에서 끔찍한 비명을 토해내면서도 손은 한결 같이 살을 찢고 내장을 파헤친다.

"꾸어억… 그륵…."

결국 입에서 피거품을 흘리다가 숨이 끊어지고 말았다. 그 광경을 싸늘하게 바라보던 혁준은 카데린의 숨이 완전히 끊어지자 검을 집어넣었다. 자마쉬는 의문이 가득한 눈으로 혁준을 바라보았다. 이게 대체 무슨 일이지.

혁준은 별다른 설명을 하지 않은 채, 떠날 채비를 하기 시작했다.

타고 갈 만한 데몬을 몇 추린 혁준은 마차를 간단히 손봤다. 여기 저기 구멍이 나고 부서지긴 했지만 아직 이동에 문제는 없어보였다.

그 사이에 전투가 벌어지자 마자 어딘가 숨어있던 뭉크가 튀어나왔다. 숨는 재주는 역시 발군인지 다친 곳은 없어 보였다. 난장판이 된 전장을 주욱 둘러본 뭉크의 눈빛이 갑자기 빛났다.

"뭉크 저거 먹는닥. 뭉크는 고기 버리지 않는닥."

"저거라니? 설마 저 괴물 사체를 말하는거냐? 아서라. 아무리 너라도 배탈날지도 모른다."

"괜찮닥. 뭉크는 살면서 배탈이 나본 적이 없닥."

어이 없게도 뭉크가 가르킨 것은 뭉개진 살표범의 잔해였다. 말 뿐이 아니라 신나게 단숨에 살표범의 사체에 뛰어간 뭉크가 게걸스럽게 피떡이 된 살점을 먹어치우기 시작했다. 그걸 본 혁준은 고개를 절래절래 흔들었다.

'스탯이나 분배하도록 할까.'

강혁준 Lv 55

-힘:31 +30

-감각:25 +30

-민첩:27 +30

-체력:28 +30

-마력:33 +30

-물리저항: 25 (어둠살이갑주에서 +15)

-마법저항: 7

-지휘력 : 1

장비 :

칼텍의 진동검 (N)

어둠살이 갑주 (S)

스킬 :

결박하는 에테르의 채찍(S등급)

특성 :

군주의 길(SS등급)(패시브)

마정호흡법(SS등급)(액티브)

남은 포인트 140

　단번에 레벨이 28가까이 올랐다. 덕분에 분배 가능한 스탯 포인트가 140이나 되었다. 거기다 스킬이 개방되면서 얻은 보너스 포인트까지.

'마정호흡법이 있으니 마력에 투자하는 스탯을 돌려 다른 곳에 투자하는게 효율이 좋겠지.'

물리저항과 마법저항에 상당량의 스탯을 부어넣은 혁준은 근력에 나머지를 쏟아 넣었다. 남을 지배하는 것에 중점을 뒀다면 지휘력에 스탯을 엄청 부어넣겠지만 원체 권력에 관심이 없었기에 거의 스탯을 넣지 않았다.

[힘 수치가 100을 초과했습니다. 육체를 재조정합니다.]

"뭐?"

순간 우드득 소리와 함께 온 몸의 뼈와 근육이 뒤틀리는 듯한 고통이 엄습해왔다. 지독한 고통에 신음소리조차 내기 힘들었다.

[골밀도가 증가합니다… 근육이 인공섬유로 대체 됩니다… 혈액이….]

몇 가지 메시지가 머릿속으로 스쳐지나갔지만 고통 때문에 제대로 인지 할 수도 없었다. 1시간처럼 느껴지는 몇 분이 지나고 고통이 사그라들자 혁준은 겨우 정신을 차릴 수 있었다.

육체의 변화는 겉보기에는 크지 않았다. 하지만 혁준은 느낄 수 있었다. 피부는 질겨졌고, 뼈는 단단해졌다. 몸안을 흐르는 피는 더 빠르고 뜨거웠다. 그리고 힘은… 생명체가 갖는 한계를 넘고 있다. 법칙을 벗어나는 힘.

'다른 수치들도 100을 넘기면 이런 대대적인 변화가 오나보군.'

점점 과거의 자신이 가졌던 힘에 가까워지고 있었다. 아니 이 몸은 그 때의 자신을 뛰어넘을 수도 있을 것이다. 모든 게 순조롭다. 이제 곧 이다. 인간을, 자신을 소모품처럼 취급한 천사와 아우터 갓에게 후회를 안겨 줄 날이.

그 때 신나게 사체를 먹어치우던 뭉크가 뭔가를 입에 물고 달려왔다.

"이상한 걸 주웠닥. 뭐지 모른닥 아마도 정수 같닥."

혁준은 뭉크가 내미는 것을 받아들었다. 그것은 손가락만한 핏빛 보석이었다. 얼핏 보기엔 정수와 비슷했지만 좀 다른 모양새였다. 혁준이 손을 대자 마도물품이었는지 설명이 주르륵 떴다.

'하긴 인장의 고리도 마도 물품이었지.'

살표범이 만들어질 때 중심에서 번쩍이던 핵이 되는 붉은 빛의 정체가 이것이었다.

설명을 죽 읽던 혁준이 미소지었다. 일이 풀리려니 마침 알드스레아를 앞두고 좋은 걸 손에 넣었다.

'쓸 만한 수확이군. 이건.'

품속에 보석을 잘 갈무리한 혁준은 정비가 끝난 마차에 올랐다. 하지만 자마쉬는 올라타지 않고 바위 같은 태도로 서 있었다. 혁준은 안 타고 뭘하냐는 눈빛을 보냈다.

자마쉬는 물끄러미 혁준을 바라보았다.

"너는 나보다 강하다. 더 이상 내가 널 호위한다는 건 웃기는 농담이 될 듯 하군. 집정관."

"처음부터 호위는 필요 없다고 했잖나. 비세스가 부탁했으니 받아준 것 뿐이다."

혁준의 냉정한 말에 자마쉬는 고개를 끄덕였다. 상대의 강함도 모르고 호위역을 맡았으니 자신이 실수한 것이 맞았다. 자부심 강한 전사가 자신의 한계를 담담하게 인정하는 것을 본 혁준의 말투가 약간 부드러워졌다.

"어차피 네가 호위역을 받아들인 데는 다른 이유가 있는 것 같던데? 뭔가 다른 목적이 있나?"

자마쉬는 잠시 침묵하다가 입을 열었다.

"나는 나의 신을 만나고 싶었다. 나의 신 악시온님을."

Part 168 : 굴카족

　혁준은 가부좌를 틀고 고요히 앉았다. 눈을 감고 있었지만 아지랑이처럼 피어오르는 마나의 흐름은 시각화 한 것처럼 뚜렷이 보였다. 대기 중의 마나는 어떤 것은 깃털처럼 흩날리고 어떤 것은 줄기를 이루어 꿀처럼 흘러내렸다.

　정신을 집중하여 마나를 천천히 유도하여 들숨으로 삼킨다. 대부분은 날숨으로 빠져나왔지만 일부는 혁준의 몸 안을 회전하는 마나의 흐름속으로 녹아들어갔다.

　〈마력이 0.2 증가합니다.〉

　미약하지만 마력치가 증가했다. 이틀 동안 이런 식으로

틈만 나면 스킬을 사용한 결과 2포인트에 가까운 마력을 공짜로 얻을 수 있었다. 일반적으로 스킬은 얻는 순간 최고의 숙련도로 사용할 수 있는 요령도 동시에 터득하게 되지만, 이런 고유 특성은 사용법은 머릿속에 있어도 어느 정도 익숙해질 때 까지 연습이 필요한 법이었다.

혁준은 가볍게 한숨을 내쉬며 눈을 떴다. 마음 같아서는 어딘가 공기 좋고 마력이 집중되는 장소를 찾아서 한 동안 마력치를 올리고 싶었다. 하지만 시간이 무한정 있는 것이 아니었다. 악신들이 언제까지 자신을 기다려 줄지는 모른다.

"끝났는가?"

호법을 서고 있던 자마쉬가 헬버드를 조금 들어올렸다. 마정호흡 스킬을 사용하는 동안에는 외부자극을 느끼기가 어렵다. 기습이라도 당하면 곤란한 와중에 자마쉬는 큰 도움이 된다. 그것만 해도 동행으로서 가치는 충분했다. 뭉크 녀석에게 호법을 서라고 했다간 어느 칼에 죽을지 모르니까.

혁준은 코를 골며 자고 있는 뭉크를 바라보면 턱을 매만졌다.

"그나저나 신기하군. 호흡으로 마나를 삼키다니."

"음? 이게 보이나?"

"어느 정도는… 무기에 마력을 씌우는 방법을 터득하면 서부터 대기중의 마나가 보이기 시작하더군."

무기에 마나를 씌운다던가 마나가 보인다던가, 그것도 홀로 수련을 통해서 깨우쳤다라. 어쩌면 솔리튜드 중에 천재 전사에 속하는지도 모르겠군. 혁준이 빤하게 바라보자 자마쉬가 불편한 표정으로 물었다.

"왜 그렇게 보나?"

"…아니다."

혁준이 보여준 압도적인 무력시위 덕분에 기가 팍 죽은 자마쉬였다. 괜히 칭찬해봐야 꼴이 우스워진다. 대신 혁준은 지도를 꺼내들며 지명을 가리켰다.

"여기 지도에 표시된 정보에는 여기가 굴카족의 영토라는군. 이상한데 이 앞의 계곡을 지배하는건 알드스레아가 아닌가? 포악한 마룡이 사는 곳인데 그 앞에 부락이 있다는 건가."

"굴카족은 알드스레아를 신으로 모시는 약소종족이다. 약소라고 해도 머릿수는 상당히 많아. 놈들은 계곡의 입구에 진을 치고 살며 마룡에게 자신들을 제물로 바치며 살지."

"자신들을 바친다? 인신공양인가."

"그렇다. 굴카족은 철저한 신정일치의 사회를 가지고 있지. 족장은 사제를 겸하고 있고, 그 아래 사도들과 함께 전체부족을 지배한다. 고지식한 놈들이라 사제가 죽으라 해도 기뻐하며 죽는다더군."

"그럼 싸워야 되는 상대군. 광신도는 재미없는데."

싸울 상대로 가장 질 나쁜 축을 고르라면 단연 광신도들 이다. 전투에서 승리가 목적이 아니라 죽는 게 목적인 놈들 이니, 죽이고 이겨봐야 진 기분이 드니까. 그렇다고 죽어줄 수도 없는 노릇이니 무조건 뒷맛이 찝찝하다.

깔끔하게 마롱 모가지를 베어내고 스킬이나 챙겨서 악신 을 만나러 갈 생각이었던 혁준은 의외의 방해물 소식에 눈 살을 찌푸렸다.

자마쉬는 별 말 없이 짐에서 숫돌을 꺼내 헬버드의 날을 세우기 시작했다. 몰리튜드 전사인 자마쉬에겐 상대가 광신 도든 전사든 싸울 수만 있다면 한 점 거리낌이 없었으니까.

"어때? 그놈들은? 강한가?"

"글쎄. 알드스레아의 영토에 일부러 들어가 본 놈은 아 마도 없다고 생각한다. 얻을 게 없거든. 위치도 외진 곳이 라 거길 정벌한다고 해도 지리적 이점도 없다. 도전한 자가 없으니 정보도 별로 없지."

혁준은 턱을 긁으며 생각해 빠졌다. 입구를 정면돌파해 도 되긴 하지만 수천 명이나 되는 놈들이 죽음을 불사하고 달려든다면 이쪽도 곤란하다.

일반적으로 군대가 아닌 조직을 상대하는 건 쉽다. 수가 아무리 많아도 압도적인 힘으로 몇 놈 조져놓으면 나머지는 덤빌 엄두를 못 낸다. 그 때 싸울 생각이 없으니 길만 비키라고 하면 열이면 열 모두 물러나게 되어있다.

그러나 광신도는 다르다. 몇 놈을 죽이던 기세가 꺾일 놈들이 아니다. 그렇다고 수천 명을 몽땅 쳐죽인다? 이쪽의 체력이 떨어져있을 때, 알드스레아가 나타나면 절대로 재미없겠지.

혁준이 지도를 유심히 보다가 한 곳을 손가락으로 가리켰다.

"그렇다면 쓸데없는 전투로 체력이나 마력을 소모하지 않고 바로 놈을 친다. 이쯤에서 마차를 버리고 이 곳 산비탈을 넘어서 들어가지. 잘하면 입구 쪽의 놈들과 부딪히지 않고 처리할 수 있겠군."

자마쉬는 아무래도 좋다는 듯 어깨를 으쓱였다.

그 뒤 혁준은 딱 반나절만에 드디어 말로만 듣던 굴카족과 조우했다.

✛

작은 망루 위에선 굴카족의 족장 나알굴은 만족스러운

얼굴로 자신의 신도들을 내려다 보았다. 모두가 긴장한 얼굴로 자신의 입을 주시하고 있었다. 십 년 넘게 대족장으로써 늘 해오던 일이지만 나알굴은 이 순간이 너무나 좋았다.

"나 굴카의 족장 나알굴이 선언한다! 이번 만월주의 제물을 발표하겠다. 우선 가나라의 딸 레가나!"

선언이 끝나자마자 빽빽이 들어선 부족민 중 하나가 기쁨의 환호성을 내질렀다.

"해냈다! 만세! 내가 말했지? 이번 달은 확실히 될 거라고 했잖아. 봐봐! 내 딸이 제물이야!"

너무나도 기쁜 나머지 가나라는 자신의 딸을 얼싸안았다. 주위 여기저기서 축하의 말들이 오고갔다. 십 오년 전에는 아내가 선택 받았는데 올해는 딸이 받은 것이다. 한 집에 두 명이나 제물로 선택받다니 대단한 영광이 아닐 수 없었다.

영광도 영광이지만 무엇보다 위대하신 어머니의 몸속에서 딸과 아내가 재회하게 될 것이 기뻤다.

"정말 잘 되었구나 레가나."

레가나는 울먹이며 고개를 끄덕였다. 기쁨에 목이 메였다. 위대하신 어머니의 이빨에 찢겨질 고통이 조금 두렵기는 했지만, 고통은 잠시일 것이다.

곧 그 안에서 첫 번째 조상들부터 친구들, 그리고 엄마를 만나게 된다. 그리고 영원불멸한 군령의 일부가 되는 것이다.

족장의 선언이 끝났다. 이 달에 바쳐질 제물은 5명. 모두 젊은 여자와 남자다. 늙은이와 아이는 제외된다. 늙은이는 맛이 없고, 아이는 고기가 너무 적으니까. 그런 제물을 바치는 것은 위대하신 어머니께 실례다.

사도들이 발탁된 제물들을 한 곳으로 불러들였다. 몸에 향유를 바르고 주머니마다 허브를 넣어준다. 공양을 바칠 때 몇 가지 주의 사항도 알려주었다.

물어뜯길 때, 경망스럽게 비명을 지르지 말 것 이라든지, 몸에 단단한 장신구를 소지하지 말 것 따위의 사소한 것들이었다.

마지막으로 사도가 레가나에게 단검을 하나 쥐어주었다.

이번에 선택된 제물 중 레가나가 가장 나이가 많기 때문이었다.

단검을 주는 이유는 신성한 제단으로 가서 몸에 피를 내기 위해서다. 그래야 어머니가 제물이 온 줄 알고 나타나실 테니까.

이 역할은 가장 나이 많은 제물의 특권이었다. 게다가 단검이 쓰일 일은 또 있었다.

간혹 신심이 부족하고 겁이 많은 자들이 부끄럽게도 도망을 선택하기 때문이다. 보통은 다른 제물들이 잘 달래서 함께 먹히도록 토닥여주지만, 패닉에 빠지거나 억지로 도망가려 하면 팔다리 힘줄을 잘라놔야 한다.

레가나는 불안한 표정으로 단검을 꼭 쥐었다. 갑자기 맡겨진 큰 역할에 불안했다.

"좋아. 빨리 빨리 작별인사들 끝내라. 해가 서쪽나무 끝에 걸리는 시간에 모두 출발한다!"

가족과 친구들의 정신없는 환송회는 사도들의 독촉 속에 금방 끝났다.

그 후론 일사천리로 일이 진행되었다. 매달 하는 일이다 보니 사도들은 뭘 해야 할지 정확히 알고 있었고, 빠르게 일을 진행시켰다.

제물을 호위하기 위한 병사들이 곧 준비되었고, 죄수를 옮길 때나 쓸 만한 철창이 달린 나무 수레에 다섯 명의 제물이 곧 실렸다. 음식이 든 바구니와 땔감 따위가 순식간에 준비됐다.

마을 어귀까지 이어진 사람들의 환송 속에서 그들은 신성한 제단으로 출발했다.

✦

"구웩… 무… 뭉크는 여기서 죽는닥! 정말이닥!"

"응. 안 죽어."

"진정한 전사에게도 헉헉… 체력의 한계는 존재… 쿨럭"

"이것도 수련이지 수련."

죽을상을 한 뭉크와 자마쉬와 다르게 여유로운 표정의 혁준은 가볍게 산을 오르고 있었다. 힘수치가 100이 넘으면서 육체개조가 이뤄진 후부터 아무리 움직여도 숨이 차거나 지치는 기분이 들지 않는다.

지금도 거의 달리다시피 하는 속도로 한순간도 쉬지 않고 세 시간을 올라왔는데도 전혀 지치지 않았다.

무자비한 강행군 덕에 오늘 안으로 알드스레아의 둥지에 접근 할 수 있을 것 같긴 했지만, 따라오는 뭉크와 자마쉬는 죽을 맛이었다.

'뭐 과거에는 일주일간 먹지도 자지도 않고 싸워 본 적도 있으니까.'

능력이 오를수록 비교하게 되는 것은 과거의 자신이다. 이거야말로 자신과의 싸움이지 않은가. 혁준은 궁금해졌다. 자신의 몸은 지금쯤 뭘 하고 있을까.

"그러게 어차피 너희는 싸울 일도 없으니까 걍 기다리라니까."

"안 된닥. 뭉크는 마룡의 고기 꼭 먹는닥!"

"더 강한 전사가 되는 데는 강한 적이 필요한 법. 그리고 혹시 내가 도움이 될 지도 모르잖나."

마룡을 잡으면 그 고기맛을 보겠다는 뭉크는 솔직하기라도 하다.

전사의 길 어쩌구하며 자신을 열심히 합리화하고 있지만 사실 그냥 싸움구경이 꼭 하고 싶었던 자마쉬는 따라오면서도 약간 부끄러워하고 있었다.

덕분에 혼자라면 훨씬 빠르게 이동 할 수 있지만, 그나마 둘을 배려해서 천천히 산을 넘는 중이었다. 침엽수림이 분포된 가파른 비탈길이 끝나고 능선이 나오자 겨우 한숨 돌리게 된 둘이 뒤늦게 투덜거리는 것이다.

"뭔가 가까이 오는데."

대충 둘을 상대해주던 혁준의 귀에 뭔가 소리가 들려왔다. 울창한 숲에 가려 눈에는 보이지 않는다. 하지만 감각 계수가 65에 이르자 수백 미터 밖에서 나는 소리도 감지해 낼 수 있게 되었다.

"발자국 소리… 이거 바퀴 구르는 소리인가? 열… 아니 열둘이군. 소리의 간격이나 무게로 볼 때 나 정도의 체구로군."

뜨악한 표정으로 그런 것도 아냐는 자마쉬는 곧 헬버드를 들어올렸다. 주변을 수색하던 그는 곧 길을 발견했다.

완만하게 이어지던 구릉 아래로 산길이 있었다. 사람과 수레가 자주 오가며 생긴 길로 산길치고는 제법 큰 길이었다.

혁준의 말대로였다. 저 멀리 길 끝 부분에 열 몇의 굴카족이 걸어오는게 보였다. 뒤 쪽에는 수레도 보인다. 혁준은 안력을 돋우어 상대를 살폈다. 상당한 거리였지만 증가된 시력은 상대를 눈앞에서 보는 것처럼 볼 수 있게 해주었다.

푸르스름한 피부에 날카롭게 튀어나온 송곳니를 제외하면 인간과 비슷한 외모였다. 각자 창과 방패 갑옷을 통일되게 입고 있는 걸로 봐선 병사인 듯 했다.

"죽일까?"

자마쉬가 호전적인 태도로 입을 열었다.

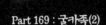

Part 169 : 굴카족(2)

전투태세에 들어가려는 자마쉬를 막으며 혁준이 고개를
가로저었다.

"기다려 봐."

마침 잘 됐군. 이 대충 그린 지도보단 저것들이 쓸모 있
겠어. 생각보다 산의 크기는 컸고, 조잡한 지도는 대충 윤
곽만 잡혀있는 상태. 굴카란 놈들이 그렇게 알드스레아와
친하다면 위치 정도는 잘 알고 있을 것이다. 혁준은 나무에
기대서서 느긋하게 상대의 도착을 기다렸다.

두 무리 사이의 거리가 50미터 정도에 이르자 호송대도
혁준 일행을 발견했다. 호위라고 붙긴 했지만 사실 탈주를

막기 위한 호송대였지만. 그들은 낯선 무리를 보고 눈에 띄게 당황하는 모습을 보였다.

"불신자다!"

"신성한 땅에 불신자라니!"

"닥쳐라! 허둥대지 말고 전투 대형으로!"

"그… 그게 내 위치가 어디지?"

한참을 자기네끼리 투닥거린 후에야 엉거주춤하게 창을 내민 자세로 진형이 갖춰졌다. 하지만 한 눈에도 체계가 제대로 잡혀 있지 않았다.

"너희 말이야… 방패병보다 창병이 앞에 서는 건 너희가 만든 특수전술이냐?"

자마쉬가 못볼 것 봤다는 표정으로 하며 말하자 그제서야 앞뒤를 바꾼다고 소동을 벌였다. 아무리 잘 봐주려 해도 완전 오합지졸이었다.

뒤쪽의 안전한 곳에서 호위대의 수장을 맡고 있던 사도가 허공에 지팡이를 거칠게 휘두르며 소리쳤다.

"감히 신성한 땅에 함부로 들어오다니! 천벌이 두렵지 않느냐!"

"천버얼? 어비스에서 그런 소릴 듣게 될 줄은 몰랐는데? 마치 인간을 보는 것 같군."

악신의 추종자들은 좋게 말하면 신실한 행동파다. 항상

신을 위해 뭔가를 하려고 들지 신의 위세를 빌리려 드는 놈은 없다. 특히 신성을 받는 놈일수록 더 그렇다. 저런 태도는 오히려 굉장히 인간에 가까웠다. 혁준은 그게 꽤 신기하게 느껴졌다.

"별로 싸울 생각은 없다. 그냥 길만 좀 알려주면 돼. 안내해주면 더 좋고"

"안내라니 무슨 소리냐!"

"니들이 신주단지처럼 모시는 그 알드스레아 말이야. 알고 있겠지. 어디 사는지?"

"이놈! 그 참람된 혓바닥으로 위대하신 어머니의 이름을 함부로 입에 담지―."

바우우웅―

입에 침을 튀기며 고래고래 고함을 치던 사도의 말이 파공음에 잘려나갔다. 자마쉬가 허공에 거병을 휘두른 것이다.

무식한 크기의 헬버드가 비상식적인 속도로 휘둘러졌다. 그걸 본 병사들의 얼굴에서 핏기가 썰물처럼 빠져나갔다. 기세를 살려보려는 듯 사도가 뒤에서 병사들을 독려하기 시작했다.

"정신 차려라! 위대한 어머니의 창들아! 너희가 지금 얼마나 중요한 임무를 수행중인지 잊었느냐! 이런 추태를 보이고도 조상들의 영혼을 뵐 낯이 있겠는가!"

소리 지르는 내용과 달리 사도의 머릿속은 다른 쪽으로 바쁘게 돌아가고 있었다.

'이놈들은 안 돼. 빌어먹을 훈련도 제대로 안하는 게으러빠진 것들. 게다가 이것들은 어느 정도 진실을 안단 말이야. 제기랄.'

사도는 속으로 욕설을 늘어놓았다.

제물이 되는 순간까지 알드스레아를 볼 일이 없는 일반 굴카족과는 다르다. 호송임무를 늘 맡는 이들은 어느 정도 진실을 알고 있었다.

그들이 신이라고 떠받드는 알드스레아는 사실 그냥 별 생각 없는 데몬에 불과하다. 대대로 이어받는 대족장과 사도들은 그 사실을 알고 있었지만, 그들은 여전히 마룡의 가호로 부락이 번성한다는 거짓말을 늘어놓으며 자신들의 절대 권력을 누려오고 있었다.

그들에게 대단한 행운인 점은 마룡이 거대한 덩치와 맞지 않게 굉장히 소식을 하는 편이라는 것이었다. 매달 적당량의 제물을 받치면 딱히 사냥하러 나서는 일도 없이 자신의 소굴에서 나오지 않는다. 이런 사실을 굴카족의 윗선은 철저히 숨겨왔다. 하지만 늘 제물을 수송하는 이들은 알드스레아가 식사하는 장면도 몇 번 볼 일이 있었고, 마룡의 정체가 제사장의 말과는 다른 부분이 있다는 것도 어느 정도 눈치채고 있었다. 해를 당할까 겁으로 말은 안했지만.

'거기다 이 쓸모없는 것들은 전투능력도 형편없단 말이지. 저 빌어먹을 몰리튜드놈. 저 놈 혼자서도 이 무능한 것들은 다 씹어먹겠군. 제길 어떻게든 이놈들한테 시간을 끌게 하고 그 사이에 나라도 몸을 도망가야 할 텐데…'

굴카족의 병사는 전투 할 일이 없다. 알드스레아 계곡은 데몬들이 출현하지 않는다. 마룡이 내뿜는 기운을 민감하게 느끼는 육식성 데몬들은 이쪽으로 접근할 생각도 못하니까. 그리고 제물을 제때 바치는 한, 굴카족도 알드스레아를 볼 일이 없다. 그리고 외진 이곳까지 찾아올 적이라 할 만한 세력도 딱히 없다.

자연히 병사들은 나태해졌다. 그들이 걱정할 만한 일은 내전과 같은 내부에서의 알력 문제가 벌어지는 사태 정도다. 하지만 수백 년을 이어온 전통이니만큼, 제사장의 위치는 공고했다.

결과적으로 약해빠진 군사력을 가지게 된 굴카족. 자기 꾀에 자기가 빠진 형국이었지만 사도는 머릿속으로 고래고래 저주를 퍼붓고 있었다.

"그래서 싸우는겠는가? 아님 협조하겠는가? 빨리 결정해라. 나는 기다리는 걸 싫어한다."

자마쉬는 이걸로 맞으면 아주 아프단다라는 표정으로 자신의 헬버드 날을 쓰다듬었다. 음산하게 재촉하는 자마쉬를 보며 혁준은 자마쉬가 꽤 재미있어하고 있다고 확신했다. 대화고 뭐고 즉시 베어버릴 수도 있지만 경험치도 안 나올 상대다. 간만에 즐거워 보이는 자마쉬를 보니 좀 즐기게 놔둬도 괜찮아 보였다.

"웃기지 마라! 너 같은 무도한 불신자와 타협은 없다. 모두 돌격해! 저 오만한 몰리튜드 놈의 혓바닥을 뽑아와라!"

"으윽… 적은 하나다! 두려워 말고 쳐라! 돌겨어억!"

이러나 저러나 상급자가 명령하면 일단 몸이 먼저 반응하는게 병사다. 함성과 함께 여섯 개의 창이 자마쉬를 향해 찔러 들어왔다. 하지만 길이로 치면 창보다 자마쉬의 헬버드가 두배는 길었다.

자마쉬는 뒤로 한걸음 물러서며 길게 횡으로 거병을 그었다. 그리고 이 한 번의 휘두름으로 병사들의 숫자는 딱 절반이 되었다.

헬버드 날에 걸린 투구와 머리와 갑주의 목 보호대가 단번에 데걱데걱 잘려나갔다. 허공에 떠오른 여섯 개의 머리가 희극적으로 바닥을 구른다. 머리가 잘려나간 단면에서 핏물이 솟았다. 여섯 개의 몸통이 핏물을 뿜으니 마치 분수쇼 같았다.

곧이어 여섯구의 시체가 바닥으로 쓰러졌다. 그들이 내뿜던 함성이 사라진 자리에 침묵이 들어찼다. 뒤에서 방패와 검을 들고 둥글게 사도를 지키고 있던 절반의 병사들은 그 광경을 보고 충격으로 얼어붙었다. 침묵을 깨며 자마쉬가 말했다.

"이렇게 하지. 내 혓바닥이 어쩌구 하던 놈. 그 놈의 혀를 가정 먼저 뽑아오는 놈은 살려주겠다. 전사의 명예를 걸고 약속하지."

동요가 물결처럼 퍼져나갔다. 시선이 저절로 옆에선 동료로 간다. 어떡하지? 저건 절대 못 이겨. 이대로 여기서 죽을 거야? 이러는 사이에 저놈이 먼저 하면….

'어이구 저러면 끝이지'

혁준은 쓴웃음을 지었다. 일단 한 명이라도 동요하면 이미 뒤는 볼 것도 없다. 자마쉬 녀석 몰리튜드 치고는 희한한 구석이 있다고 생각했지만, 역시 몰리튜드는 몰리튜드. 잔혹할 땐 확실하다. 예상대로 사도를 둘러싸고 있던 호위병 중 하나가 단도를 뽑아들었다.

"뭐… 뭣하는 게냐! 이놈들! 네놈들이 감히 나를… 꾸억!"

첫 번째 단검이 사도의 배에 박혀들었다. 이제 뒤질세라 너도 나도 단도를 꺼내들기 시작했다. 여섯 명이서 한 놈의 혀를 자르려든다. 사도가 산 채로 난도질 당하기 시작했다. 입이 찢어지고 빗나간 단검에 얼굴 전체가 찢겨나갔다. 그 와중에 한 명이 피투성이가 된 얼굴에서 혀를 기어코 잘라 냈다.

"해냈다. 내가 뽑았어!"

"내 놔! 그건 내꺼다!"

"이 새끼야 내가 먼저 찔렀다고!"

희열에 찬 목소리는 곧 비명으로 변했다. 이번엔 자기네들끼리 사도의 혀를 두고 쟁탈전이 벌어진 것이다. 급기야 자기네들끼리 서로 죽고 죽이는 토너먼트가 벌어졌다. 사도의 몸을 찌르던 단도들이 곧 상대를 바꿔 자기네들의 난도질하기 시작했다. 채 숨이 끊어지지 않은 사도는 피거품을 뿜어 올리며 그 지옥 같은 광경을 바라보았다. 마지막까지 혓바닥을 지켜낸 병사는 생존티켓을 얻었지만 불운하게도 목에 치명상을 입은 상태였다. 결국 마지막 병사까지 숨이 끊어지며 사도 위로 쓰러졌다.

툭.

그의 손에서 잘린 사도의 혀가 흙바닥에 떨어져 내렸다.

"다 뒈져버렸잖아? 멍청아. 한 놈은 살려둬야 길을 물을 거 아냐?"

"미… 미안하다. 이건 예상 밖이었다. 아니 저 멍청한 놈이 대체 왜⋯."

혁준의 꾸지람에 자마쉬가 쩔쩔매기 시작했다. 여행을
시작할 때만 해도 상상도 못할 광경이다. 완전히 위아래를
받아들인 모습. 이제는 혁준을 완전히 윗사람으로 받아들
인 자마쉬였다. 솥뚜껑만한 손으로 머리를 긁으며 어쩔 줄
몰라 하던 자마쉬의 눈에 호송대가 호위하던 수레가 보였
다. 자마쉬가 반색했다.

"괜찮다! 저 안에 있는 놈들이 알거다."

"그러고 보니, 몇 놈 더 있었지. 좋아 꺼내 봐라."

자마쉬는 희희낙락하며 수레로 다가갔다. 마치 죄수호송
차처럼 수레 위에는 철창이 달려 있었다. 입구에 달린 자물
쇠를 거칠게 뜯어낸 자마쉬가 안에 있던 인영 중에서 하나
를 나오도록 했다.

"너희는 뭐냐? 죄수 같은 건가?"

"저희는 위대하신 어머니께 바쳐질 이 달의 제물입니
다."

"제물? 아 니들이 그 인신공양으로 바쳐진다는 제물이
군."

대답을 한 굴카족 여성은 주변에 널려있는 시체들을 보
고 놀란 표정이었지만, 침착한 태도였다. 어쨌든 협조적인
모습에 자마쉬는 만족한 표정을 지어보였다.

"좋아. 너희는 아주 운이 좋군. 아까 내가 한 소리 들었지? 너희 중 누구라도 안내역을 맡겠다면 알드스레아는 오늘 특식 먹을 일이 없을 거야. 즉 너희는 살아난다는 이야기다. 어때 끝내주는 제안이지?"

이보다 더 좋은 제안이 없지 않냐는 표정의 자마쉬를 보고도 여성은 별 달리 기뻐하는 기색이 없었다. 의아해 하는 자마쉬 앞에서 잠시 고민하는 모습을 보이던 그녀가 입을 열었다.

"저는 레가나라 합니다. 시키신 길 안내는 어렵지 않습니다. 오는 길에 듣기로 여기서부터는 이 길을 따라 세 시간 정도면 도착한다더군요."

"아 그러냐? 그럼 너흰 필요 없겠군. 좋아. 그럼 알아서들 돌아가도록."

쿨하게 할 말을 마친 자마쉬는 그대로 돌아섰다. 그런 자마쉬를 레가나가 붙잡았다. 그녀는 간곡한 태도로 부탁하기 시작했다.

"잠시만요. 위대하신 어머니께 간다면 저희도 데려가주세요. 제발 부탁드려요."

"니들은 왜? 너흰 필요 없는데?"

"제물의 의식은 완성되어야 해요."

의식의 완성? 설마 가서 먹히고 싶단 소린 아니겠지?

뭔지는 모르겠지만 어차피 가는 길은 알았으니 이 녀석들은 필요가 없었다. 자마쉬는 정말 그답지 않게 한 번더 설명해주는 자상함을 보였다.

"잘 이해를 못했나본데. 너희 신이랑 친하게 지내보자고 만나러 가는 게 아냐. 도시락까지 갖다 줘야할 의무는 없다."

"저희는 먹혀야 해요!"

자기도 모르게 레가나가 소리를 빽 질렀다. 어느새 눈물이 그렁그렁한 레가나의 모습에 자마쉬는 점점 미궁에 빠지는 기분이었다.

"이봐. 먹힌다는 거. 그러니까 내가 아는 그 먹히는 거 맞지? 그러면 죽을 텐데? 너 죽고 싶은가?"

레가나는 목이 메이는 기분이었다. 흥분과 혼란감 사이에서 마음을 추스르지 못한 레가나는 두서없이 감정의 편린을 늘어놓았다.

"네에… 죽겠지요. 하지만 그래야 우리의 영혼은… 그분 안에서 하나가 된다구요. 나는 엄마를 만나야 한단 말이에요… 제발 저를 데려가 주세요."

눈물로 호소하는 모습에 부탁을 들어주고 싶어할 법도 하건만 자마쉬가 느끼는 감정은 그냥 해괴하다는 것 뿐이었다. 타고난 전사인 그로썬 이런 괴상한 자살욕구에 대해 어떻게 느껴야 하는지 혼란스러웠다.

순간 레가나의 머릿속에 좋은 생각이 떠올랐다.

Part 170 : 마룡

"그 분을 불러내려면 저희 피가 필요할 거예요! 그 분을 뵈려면 신성한 제단에서 제 피를 보이는 게 가장 빨라요."

"무슨 이야기지?"

레가나의 설명은 이랬다. 마룡은 보통 자신의 둥지 깊은 곳에서 나오지 않으며, 매달 제물이 바쳐질 때 정도만 얼굴을 보인다는 것이다. 문제는 이 둥지라는 무식한 크기의 동굴이라는 것.

동굴탐사에도 취미가 없지만 상대가 도사린 좁은 공간에서 싸울 생각은 더더욱 없던 혁준의 입장에서는 알드스레아의 굴에 들어가는 것보단 미끼를 써서 불러낸다는 계획이 당연히 솔깃했다.

게다가 듣자하니 제단은 제법 넓은 평지를 끼고 있단다. 덩치 큰 데몬을 상대하는 것이니 되도록 탁 트인 넓은 지역에서 상대하는 게 좋다.

마침 미끼를 자처하겠다는 쪽이 부탁을 해오니 나쁘지 않은 거래였다. 자마쉬가 고개를 끄덕였다.

"좋다. 너희도 데려가기로 하지. 나머지들도 원한다면 따라와도 좋다."

그 말을 들은 제물들이 하나 둘 마차에서 머리를 내밀었다.

"나는 죽기 싫어! 흑… 무섭다고."

나머지는 체념한 표정으로 따라나섰지만 한 명만은 동행을 거부했다. 일행은 좋을 대로 하라는 태도였지만 레가나가 나서서 달래기 시작했다.

"카비… 돌아가봐야 널 기다리는 사람은 아무도 없어. 알잖아? 도망쳐봐야 부정한자로 낙인 찍혀서 화형당할 뿐이란거. 우린 이미 죽은 사람이야. 그렇다고 이 땅을 떠날 거야? 넌 바깥세상에 대해선 아무것도 모르잖아? 괜찮아 우리 모두 함께 죽으니까. 위대한 어머니 몸속에서 함께하는 게 훨씬 나아."

맏언니처럼 따듯하게 감싸 안고 달래는 모습을 보면서 혁준은 혀를 찼다. 태도는 성녀인데 내용은 막장드라마다. 하지만 워낙 남의 일에 참견하지 않는 성격이라 별 말은 하지 않았다.

"좋아 그럼 가도록 하지."

결국 남은 인원 모두가 신성한 제단으로 출발하게 되었다.

✛

두 시간 후. 일행은 예의 그 제단을 마주하게 되었다.

레가나가 언급 한 대로 제단은 계곡 가운데 기이하게 펼쳐진 평지 위에 만들어져 있었다.

인위적인 느낌이 많이 나는 걸로 봐서 평탄화 작업을 꽤 한 듯 했다. 어딘가 스톤헨지를 연상시키는 제단에는 약간 높은 위치에 넓은 석판이 깔려 있었다.

'제단이라기 보단 접시에 가까운데. 웃기는 놈들.'

인신공양도 웃기는 노릇인데 먹기 좋으라고 접시까지 대령한 꼴이다. 저 대형 접시를 만든다고 석공들이 정을 때려 박았을 모습을 상상하니, 어딘가 희극적이다.

접시(?) 위에 다소곳이 선 레가나가 단도를 들어 올렸다.

그리고 상완에서부터 손목까지 단숨에 그어 내린다. 자기 몸을 자르는 일이 쉬운 일이 아닐진대, 대담함만은 높이 사줄 만했다. 팔로도 부족했는데 허벅지와 배에도 여러군데 칼자국을 냈다.

통증으로 얼굴을 찡그리면서도 칼 끝에 망설임이 없다. 순식간에 온 몸에서 피가 줄줄 흘러내리면서 혈향이 팍 터져 나왔다.

'저건 나라도 내 몸이면 저렇게 못 긋겠는데?'

혁준은 느낄 수 있었다. 혈향이 바람을 타고 공기 중으로 퍼져나가는 걸. 높은 감각지수 덕에 냄새가 마치 시각화 된 것처럼 눈에 보이는 느낌이었다.

십 여분이 지났다. 지루한 기다림 끝에 드디어 입질이 오기 시작했다.

쿵쿵!

무거운 것이 땅을 찍는 소리. 땅울림소리가 점점 가까워졌다. 그리고 알드스레아가 거대한 모습을 드러냈다.

보라색으로 번들대는 비늘, 공성추처럼 길게 늘어진 목. 날개는 없었지만 드래곤을 닮은 그것은 3쌍의 눈으로 제단을 내려다보았다.

이런 상황에 익숙한 듯 제단의 인영들을 보고도 놀라지 않는다. 6개의 눈이 미소 짓고 있는 것 같았다. 그 아래로 입이 쩌억 벌어졌다.

날카롭게 줄지어 있는 이빨들이 예리한 빛을 내뿜었다. 알드스레아는 그대로 머리를 숙여 벌어진 아가리를 레가나에 가져갔다.

'아 드디어…'

레가나의 눈이 크게 벌어졌다. 유일하게 보인 반응은 그것 뿐이었다. 마룡을 보는 순간부터 사고가 얼어붙은 듯 생각이 되지 않았다. 겨울 벌판에 내놓은 물통처럼 뇌가 얼어버린 듯 했다. 마지막으로 힘겹게 생각한 것은 어릴 적 헤어졌던 어머니의 얼굴이었다.

으드득!

거대한 이빨이 살과 뼈를 바순다. 이빨에 관통당한 복보는 석주에 꿰인 것 같다. 무자비한 이빨들은 몸통에서 팔을 찢어내고 하체를 두 조각으로 나눴다. 흘러내리는 핏물이 아까운 듯 긴 혀가 바닥까지 핥았다. 순식간에 레가나는 세상에 존재하지 않는 뭔가로 바뀌었다.

그 광경을 지켜보던 자마쉬가 약간 당황한 어조로 물었다.

"구하지 않는 건가?"

"내가 왜?"

"어차피 싸울 생각이라면 구해줘도 괜찮지 않은가? 저건

250 전설이
돌아왔다 7

그냥 데몬일 뿐이다. 저들이 생각하는 그… 영혼이 어쩌구 하는 일은 없다. 너도 알지 않나?"

"그렇게 구하고 싶으면 네가 하던지. 난 약속을 지키는 편이라."

알드스레아는 제단 한 구석에 혁준 일행에 일말의 관심도 보이지 않은 채 다음 제물로 머리를 향했다.

눈앞에서 고기분쇄기에 갈린 육편 꼴이 되어버린 레가나의 모습을 보고 다들 다리가 풀려버린 모양이다. 비명도 지르지 못하고 입만 뻐끔거린다. 알드스레아는 서두르지도 않고 느긋한 태도 남자 굴카족 하나를 으적으적 씹었다.

'솔직히 나에겐 무리군.'

자마쉬는 용감한 전사지만, 또한 훌륭한 전사기도 했다. 좋은 전사는 용기와 만용을 구분 할 줄 안다. 경험과 본능이 동시에 경고하고 있었다. 저것과 싸우는 건 만용이라고.

알드스레아가 네 번째 제물을 으적대고 있을 때, 남은 자 하나가 비명을 지르기 시작했다. 처음부터 살고 싶어했던 카비였다.

"느이 이이이!"

해석 불가의 비명이지만 그 안에 담겨있는 의미는 누구에게라도 명백했다. 여자는 벌벌 떨리는 손가락이 혁준을 가르켰다. 그걸 눈치 챈 혁준이 고개를 끄덕였다.

"마음이 바뀌었나? 약속 변경은 원래 안하는 편이지만 마침 나도 기다리기 지루하거든."

카비는 눈물과 콧물이 범벅된 얼굴로 열심히 고개를 끄덕였다. 그걸 본 혁준이 검을 뽑아들었다. 동시에 혁준의 등 뒤로 에테르 촉수가 솟아오른다.

혁준은 마음껏 마나를 주입했다. 혁준의 몸을 회전하는 마나량은 이제 전과 비할바가 아니었다. 폭포처럼 쏟아져 들어간 마나에 폭발적으로 성장하는 채찍. 재크와 콩나무를 연상케하는 무식한 크기의 촉수였다.

"그만 처먹고 나 좀 보지?"

활시위마냥 팽팽하게 당겨졌던 촉수가 휘둘러진다. 혁준 쪽은 신경도 쓰지 않고 열심히 제물을 씹어대고 있는 알드스레아의 목 뒤로 거대한 촉수가 직격으로 내려 꽂혔다.

콰아아앙!

석판이 박살나면서 먼지가 거칠게 튀어오른다. 촉수와 석판 사이에 모가지가 끼어버린 마룡의 입에서 침과 씹다만 굴카족의 살점이 튀어나왔다. 하지만 눈표범과 달리 단단한 비늘덕에 목이 부러지진 않은 것 같다. 마룡이 분노의 함성을 거칠게 토해냈다.

쿠어엉─

기세에 밀리지 않고 혁준의 몸에서도 어둠살이 갑주가 튀어나왔다. 평소보다 두 배 이상 크다. 완전히 활성화 된 갑주는 더 이상 반투명한 모습이 아니라 금속제질 마냥 차갑게 번들거린다.

'마치 안에서 조종하는 기분이군.'

짐승처럼 바닥을 박차고 날아든 혁준은 마룡의 다리에 검을 박아 넣었다. 비늘이 어찌나 단단한지 불꽃이 튈 지경이었다.

제법 큰 상처지만 워낙 덩치가 크다보니 큰 상처라고 할 수는 없었다. 분노한 알드스레아의 이빨이 혁준을 노리고 날아들었다.

혁준은 검을 놓고 그걸 발판으로 삼아 등으로 올라탔다. 주먹을 쥐자 갑주의 건틀릿에 스파이크가 튀어나왔다. 혁준은 그대로 마룡의 허리에 정권을 박아넣었다. 비늘이 갈라지고 피가 튄다. 갈라진 상처에 양팔을 팔꿈치까지 쑤셔 넣은 혁준은 그대로 상처를 헤집었다.

꾸어어어어-

고통을 못이긴 알드스레아가 몸을 뒤튼다. 긴 꼬리가 혁준을 쳐내기 위해 날아들었다. 혁준은 옆으로 몸을 굴려 마룡의 몸에서 떨어져 나오며 검을 뽑았다. 전광석화 같은 움직임이었다.

'맙소사. 더 강해졌군.'

자마쉬는 살아남은 카비를 수습해서 산중턱까지 대피한 상태였다. 전투를 구경하던 자마쉬가 순수하게 탄식했다. 덩치만 큰 게 아니다. 전투에 들어서자 마룡의 움직임은 상상 이상으로 민첩했다.

발톱과 이빨, 그리고 꼬리가 미친 듯이 휘둘러졌지만 혁준은 모조리 피해내고 있었다. 그것도 간발의 차로. 분노한 마룡이 날뛰어 지형이 변경 될 정도로 난리를 치고 있었지만 상처가 늘어나는 것은 마룡 혼자였다.

순간 마룡의 기세가 변했다. 거대한 포효와 함께 알드스레아를 중심으로 하얀 기운이 폭발하듯 뻗어나왔다.

사방을 지룡처럼 내달리는 흰 기운은 극한으로 차가운 극저온의 냉기였다. 순식간에 사방 수 십 미터의 공간이 하얗게 얼어붙었다.

혁준도 예외는 아니었다. 갑주가 하얗게 얼어붙었다. 억지로 움직이자 듯 쇠 긁는 소리와 함께 관절부분이 깨져나간다.

'자연적인 냉기가 아니라 마법적인 것인가.'

마법저항을 뚫고 들어오는 냉기에 혁준이 눈살을 찌푸렸다. 마치 냉기브레스처럼 보이지만 이건 엄연히 마법적인 것이다. 증거로 마룡은 냉기의 영향을 전혀 받고 있지 않았다.

살아있는 생물인 어둠살이 갑주가 고통에 비명을 지르고 있었다. 혁준도 차가운 냉기가 견디기 어려웠다. 무엇보다 골치 아픈 점은 움직임이 느려진다는 것.

'지금까지 피하는 걸로 해결하고 있었지만 공격력은 정말 무식하단 말이야.'

체구만이 아니라 밀도도 엄청나게 높은지 질량이 엄청나다. 그런 질량에 속도를 더하니, 마치 거인이 빌딩을 뽑아서 후려치는 형국이다. 냉기 때문에 움직임이 제한된 혁준은 결국 휘둘러지는 꼬리에 맞고 말았다.

직격당하는 순간 혁준의 모습이 사라졌다. 건너편 숲까지 날아간 혁준의 몸이 나무들과 부딪혔다. 나무 부서지는 소리가 요란하게 울렸다. 알드스레아는 추가적인 공격을 위해 덤벼들지 않았다.

냉기의 지역 가운데서 조용히 혁준을 노려볼 뿐이었다.

'자신이 유리한 지역을 벗어나지 않겠다는 건가.'

혁준이 몸을 일으켰다. 어느새 갑주는 해제되어 있었다.

마력은 충분히 남아있었지만 갑주 자체가 충격을 너무 받은 상태였다. 혁준의 몸 안으로 숨어버린 갑주는 부름에도 응하지 않았다. 흡수하지 못한 충격으로 혁준의 몸상태도 엉망이었다.

'단 한방을 허용했을 뿐인데, 이런 피해라니. 어쩔 수 없군.'

혁준이 주머니에서 뭔가를 꺼내들었다. 붉은 보석모양을 한 돌.

〈희생자의 심장석〉

외눈박이 살표범을 처치하고 얻은 일회용 마도물품이다.

'좀 아깝긴 하지만, 아낄 상황이 아닌 것 같군.'

혁준은 손에 쥔 돌을 힘껏 으스러트렸다. 보석에서 흘러나온 붉은 기운이 전신으로 스며들었다. 동시에 머릿속에서 목소리가 울려왔다.

[심장석을 발동합니다. 세 가지 능력치를 선택하세요.]

"힘, 민첩, 마법저항을 선택하지."

혁준의 말이 끝나자 선택된 세가지 능력치가 엄청나게 튀어오른다. 동시에 다른 능력치가 쪼그라드는게 느껴졌다.

〈희생자의 심장석〉은 선택한 세 가지 스탯을 위해 다른 스탯을 희생하는 효능이 있었다. 8대 스탯중 3가지에 가지고 있는 다른 스탯을 몰빵하는 것이다. 일시적이긴 하지만 이런 방법으로 비정상적으로 한쪽으로 치우친 능력자가 될 수 있다.

혁준은 검을 틀어쥐고 좌우로 한번 휘둘러보았다.

공간이 깨끗이 잘려나간다. 몸에 넘치는 힘은 믿을 수 없을 정도였다.

'마력은 쓸 수 없는 수준이고, 물리저항도 없다. 감각은 평범한 수준인가?'

그나마 낮아진 능력치 중에서 감각은 바닥을 치진 않았다. 하지만 한 대라도 맞으면 즉사한다. 혁준은 거침없이 알드스레아에 다가갔다. 냉기지역에 발을 딛었지만 비대해진 마법저항은 냉기의 침투를 완벽하게 무시했다. 자유롭게 움직일 수 있게 된 혁준은 눈에 보이지도 않을 속도로 마룡에 달려들었다.

"키익?"

자신의 절기라고 할 수 있는 냉기살포에 영향을 받지 않는 것처럼 보이는 적에게 마룡이 당황한 소리를 내었다. 이 작은 생물은 엄청나게 날렵한데다 자신의 단단한 비늘에도 상처를 입히는 곤란한 놈이었다. 수천 년을 살아온 마룡에게도 이런 적은 처음이었다. 그래도 자신이 냉기를 쏟아내면 이놈도 별 수 없으리라 생각했다. 그리고 계획되로 되었다. 그런데 갑자기 자신의 냉기를 무시하고 달려드는 것이다.

알드스레아는 사납게 앞발을 휘둘러 이 건방진 적을 찢어발기기로 했다. 뭔지 모르지만 갑옷이 없다. 맨몸으로 자신의 발톱을 받아내진 못할 것이다. 놈의 속도를 고려해서 신중하게 앞발을 휘둘렀다.

서걱.

놈은 피하지 않았다. 대신 검을 휘둘러 자신의 앞발을 베어냈다. 앞발의 일부가 통째로 잘려나갔다. 비늘과 그보다 더 단단한 뼈가 단번에 끊어졌다.

"키익?"

고통보다 당혹감이 먼저였다. 그리고 고통이 찾아오기도 전에 혁준의 검이 다리를 베고 지나갔다. 마룡이 자신의 다리부근을 보았을 땐 이미 혁준은 마룡의 몸에 올라탄 상태였다. 무시무시한 속도였다. 당황한 마룡이 온몸을 비틀며 저항했지만, 혁준에게 닿지 않는다. 닿기는커녕 상처는 늘어가는데 혁준의 위치도 파악하기 힘들었다.

혁준은 사방을 빙빙돌면서 마룡의 몸을 마치 두부라도 되는 듯이 잘라냈다. 살점이 뭉텅뭉텅 잘려나갔다. 조각가가 조각품을 다듬는 형국으로 마룡의 거대한 몸을 [깎아내고] 있었다. 상처에서 피가 폭포수처럼 쏟아져 나온다.

아무리 거대한 생물이라도 피와 살로 이루어진 이상 계속된 출혈에 동작이 느려지기 시작했다.

"쿠억? 쿠어억?"

알드스레아가 느려질수록 상처가 느는 속도는 빨라졌다.

속절없이 자신의 몸이 패여나가는 걸 보는 마룡의 눈에 절망감이 깃들었다.

마룡이 충분히 느려지자 혁준은 마지막 공격을 시작했다. 목 위를 올라탄 혁준은 경추부근을 도끼로 장작을 패듯 후려치기 시작했다. 비늘이 쪼개지고 살점이 떨어져 나가고 마침내 목뼈가 드러났다. 목뼈사이에 검을 박아 넣어 중추신경을 잘라냈다.

전기쇼크라도 받은 듯 온 몸을 퍼들퍼들 떨던 알드스레아가 마침내 완전히 움직임을 멈췄다.

용의 피로 온 몸을 적신 혁준이 시체에서 터덜터덜 내려왔다.

[알드스레아를 처치했습니다. 경험치를 얻습니다. 새로운 스킬을 개방합니다]

빙룡의 숨결(S등급) : 시전자를 중심으로 빙결주문이 지속되는 영역을 가집니다. 영역의 크기와 빙결의 강도는 시전자의 마력과 비례합니다.

[보너스로 시체에서 새로운 무구를 획득할 수 있습니다.]

'새로운 무구?'

혁준은 자신의 검을 바라보았다. 마력주입 없이 순수하게 힘만으로 단단한 비늘과 뼈를 수도 없이 내리쳤던 검의 상태는 너덜너덜했다. 그래도 부러지지 않고 끝까지 버텨 준 녀석이 고마웠다.

검을 잘 갈무리한 혁준은 마룡의 사체에 손을 댔다.

[무기의 모습을 상상하세요.]

상상이라. 물론 검에 대한 애정이 가장 깊다. 하지만 지금부터 올라가서 상대할 놈들을 생각하면….

혁준이 뭔가를 상상함에 따라 마룡의 시체가 들썩이기 시작했다. 심장을 감싸고 있던 가장 단단한 뼈가 살을 찢고 떠올랐다. 거대한 꼬리를 움직이는 힘줄과 비늘이 허공에서 얽히고 꼬였다. 거기에 날카로운 이빨까지 추가 되어 그것은 사신들이나 쓸듯한 거대한 낫의 모습을 갖추기 시작했다.

'그냥 낫으론 좀 부족해.'

낫의 꼬리부분에 사슬이 이어졌다. 유성추까지 붙은 그것은 사슬낫이라고 할 수 있지만 일반적인 작은 낫이 아닌 대형 데스사이드가 달린 사슬낫의 형태가 되었다.

혁준은 사이드를 손에 쥐었다. 매끄러운 그립감에 육중한 무게, 치우치지 않은 무게 분포 그리고 한 번에 느껴지는 엄청난 내구력. 마음에 쏙 들었다.

"새로운 무구인가?"

어느새 내려온 자마쉬가 부러운 듯한 눈길을 보냈다.

그도 전사인지라 무구를 보는 감식안이 없을 리가 없었다. 혁준은 싱긋 웃어주고는 사이드를 휘둘렀다.

씨익.

바람이 빠져나가는 듯한 소리와 함께 사이드가 지나간 자리에 공간이 가볍게 일렁였다. 그리고 알드스레아의 머리가 통째로 툭 떨어져 나왔다.

"단칼에? 허 대단하군. 방금 공간 자체가 잘려나가는 것처럼 보였는데."

"정말이지. 나도 좀 놀랐군. 이건."

잘라낸 알드스레아의 머리를 사슬로 묶은 혁준은 그걸 질질 끌기 시작했다. 바닥에 파이는 고랑을 보던 자마쉬가 황망하게 물었다.

"그건 뭐하러 가져가나? 설마 먹을 생각인가?"

"아니. 내가 무슨 뭉크냐."

"그럼 왜?"

혁준은 대답없이 어깨를 으쓱해보이고는, 그대로 앞으로 죽죽 걸어 가버렸다. 자마쉬는 할 수 없이 의문에 잠긴 얼굴로 카비의 등을 떠밀며 쫓아갔다.

그리고 마룽을 한 번 먹어보려다가 고기가 소화액에 끄떡도 없자 울상이 된 뭉크가 슬픈 얼굴로 그 뒤를 따랐다.

✛

낙스다는 변함없이 망루에 기대서 졸고 있었다. 해도 슬슬 질 무렵이고 오늘 공양을 마치고 돌아올 호위대를 제외하면 더 이상 보고 할 사항도 없을 것이다. 어차피 이 곳은 외부인이 오지 않는 곳이니까.

떨어지는 해의 위치를 가늠해본 낙스다는 기지개를 폈다. 슬슬 호위대가 돌아올 시간이다. 이번 제물로 선정된 레가나의 잘록한 허리를 생각하며 아까운 입맛을 다시는데, 멀리 복귀하는 호위대가 보였다. 그런데 뭔가 모양이 이상했다.

"어? 어?"

인원이 일단 부족하다 게다가 뭔가 크고 둥그스름한 것이 마차위에 올려져 있었다. 안력을 돋우어 일행을 자세히 들여다보던 낙스다의 얼굴이 허옇게 질렸다.

"비… 비상! 비상!"

땡땡땡땡

타종이 요란하게 울렸다. 여기저기서 당황한 병사들이 튀어나오고 길 가던 굴카족들이 웅성이며 모여들었다.

그러는 동안에도 일행은 꾸준히 거리를 좁히고 있었다.

이제 일행의 모습은 광장에 모인 인파들의 눈에도 확연하게 들어오고 있었다. 거대한 마룡의 머리가 마차위에 올려져 있고, 그 위에는 한 인물이 큰 사이드를 들고 앉아 있다.

대부분의 굴카족들은 실제 알드스레아의 모습을 본 적은 없지만, 그림이나 목조상을 통해 그 모습을 익히 보아왔다.

"저거! 저거!"

"설마? 말도 안 되는…."

다리가 풀린 몇몇 신도들이 풀썩 주저앉았다. 뒤늦게 달려 나온 족장이 인파를 헤치고 앞으로 나섰다. 그리고 그 또한 눈에 들어오는 광경에 기함을 했다. 마룡 알드스레아가 죽었다. 도저히 말도 안 되는 광경이었지만, 사실이었다. 눈앞에 도저히 부정할 수 없는 증거가 있으니까.

족장이 벌벌 떨리는 목소리로 질문했다.

"다… 당신은 누구십니까?"

혁준은 담담하게 대답했다. 크지 않은 목소리였지만 거기 모인 모든 인파의 귀에 똑똑히 들렸다.

"나? 너희들의 새로운 신."

술렁임이 파문처럼 퍼져나갔다. 새로운 신이라고? 이게 무슨 말도 안 되는 소리지? 하지만 그 말은 위대한 어머니의 목을 베고 그 위에 걸터앉은 자가 하는 말이었다.

비논리의 극치, 언어도단이라 표현 할 수 있음에도 이런 경우 대중은 오히려 쉽게 믿는다. 말도 안 될수록 이상하게 더 혹하는 게 대중의 심리였다. 현대 역사공부를 조금 해봤던 혁준은 그런 대중의 특성을 알고 있었다.

술렁거림과 웅성거림이 커졌다. 어찌할 바를 모르던 군중은 자신들의 족장에게 시선을 모았다. 혼란 속에서 익숙하게 기대어 온 권위를 찾는 것은 대중의 본성이었다.

'빌어먹을 어떻게 하지?'

저 머저리 같은 마룡이 신이 아니란 것 쯤은 자신이 가장 잘 알고 있었다. 신은 아니라도 괴물은 괴물. 그놈 머리통을 잘라온 놈이니, 덤벼도 승산은 없을 것이다. 하지만 저 정체모를 놈이 지금 지껄이는 말이 대체 뭐란 말인가.

탓.

마룡의 머리에서 풀썩 뛰어내린 혁준은 족장의 근처로 다가가 낮게 속삭였다.

"나를 신이라 인정해라. 그럼 너와 네 똘마니들은 내 직속 부하로 삼아주지"

족장의 눈이 크게 흔들렸다. 이 짧은 문장 속에는 많은 뜻이 내포 되어 있었다. 그 여러 가지 의미들 가운데 가장 명백하게 자신과 관계된 단어는 하나였다.

'직속 부하라고?'

구명줄을 붙잡는 기분으로 족장이 입을 열었다.

"모두 새로운 신에게 경배하라!"

그보다 더한 권위를 담을 수 없는 목소리로 족장이 명령했다. 의혹과 불신감, 그리고 공포 속에서 방향성을 잡지 못하고 있던 군중들에게 철퇴 같은 명령이었다. 심력이 약한 자들이 먼저 머리를 바닥에 붙였다. 그를 시작으로 인파들이 앞 다투어 바닥에 엎드리기 시작했다.

✛

이틀이 지났다.

일행은 요 이틀과 마룡과의 싸움으로 얻은 피로와 상처를 치유하고 다음 목적지까지 필요한 보급을 완료했다. 그 후 혁준은 족장과 그의 사도들을 모두 불러 들였다.

"좋아 다음."

줄지어 서 있던 사도 하나가 다시 앞으로 나섰다. 혁준과 사도 사이에 짧은 대화가 오가자 허공에서 룬 문자가 생기더니 사도의 몸에 낙인처럼 새겨졌다.

혁준은 마룡을 잡고 올린 경험치로 얻은 스탯을 지휘력에 어느 정도 투자해 둔 상태였다. 혁준은 지휘력 포인트가 허용하는 대로 우선 그들을 백성으로 만들었다.

족장과 그 사도들을 모두 백성으로 만든 혁준은 자연히 굴카족 전체를 완전히 장악하게 되었다. 그들은 기본적으로 열성적인 광신도들이었고, 신의 머리를 잘라서 하늘에서 뚝 떨어진 존재에 대해 극도로 흥분해 있었다.

바칠 게 없으면 자기 심장이라도 뽑아 바칠 지경이었다.

"그런데 이놈들은 뭣에 쓰려고? 부하들은 만든 건 좋지만 별 쓸모는 없어 보이는데?"

"나중에 요긴하게 쓸 데가 있을지도 모르니까. 챙길 수 있는 건 챙겨두는 게 좋지."

혁준은 나중에 군주의 길 스킬을 이용한 모든 인간의 지배에 대비해 몇 가지 사회적 실험을 해보고 싶었던 거라 이야기하진 않았다. 혁준 자신도 반신반의하는 일이었으니까. 그 때 한 굴카족 여성이 다가왔다.

"정말 감사드립니다. 위대하신 아버지여."

제물 중 유일하게 살아남은 카비였다. 단 이틀만에 도망친 제물의 위치에서 순식간에 새로운 신을 인도한 계시자의 위치가 되어버린 카비는 성녀로 취급당하고 있었다.

그 뿐 아니라 그제까지 제물을 바치며 신이라 떠받들던 알드스레아는 굴카족을 탄압하던 마룡이 되었고, 그 마룡을 처단하기 위해 하늘에서 직접 내려온 굴카족의 신이라는 급조한 티가 역력한 스토리까지 이미 완성된 상태였다.

"보급은 끝났나? 내 볼일은 일단 끝났으니, 최대한 빨리 출발하고 싶은데?"

"꼭 가셔야 하나요? 제발 이곳에서 우리를 이끌어주세요. 우리에겐 아버지가 필요해요."

웃기는 이야기다. 해줄 수 있는 게 하나도 없다. 사람먹는 취미가 있다면 모를까.

"그거야 내 알 바가 아니지. 언젠가 너희가 필요하면 돌아와서 써먹어주기는 하겠다만. 지금 나한테 너희는 그냥 귀찮은 짐이다. 여기서 뭘 하든 좋으니까 좋을 대로 하도록."

잘라 말한 혁준은 그냥 돌아서 버렸다. 그리고 바지라도 잡으려드는 모든 군중을 무시하고 곧바로 출발했다.

일행을 실은 마차는 경쾌하게 계곡입구를 떠났다.

여행은 순조로웠다.

더 이상의 추적자도 없었고, 앞을 가로막는 방해물도 없었다. 한적한 산길이나 강가를 따라 목가적인 나날을 보내는 여행이 이어졌다.

균열선이 가까워 올수록 일행의 말 수는 줄어들었다. 혁준도 틈틈이 마정호흡을 하느라 시간을 보내는 것 외에는, 최대한 빨리 목적지에 도착하는 것만 경주했다.

그렇게 일주일이 지났을 때, 일행은 마침내 균열선에 도착했다.

균열선이라고 해서 어떤 특정한 지형지물이 있는 건

아니었다. 눈앞에 펼쳐진 것은 그냥 건조한 초원지대였고, 볼 수 있는 것은 지평선에서 피어오르는 아지랑이 정도였다.

명확한 목적지도 없이 일행은 그냥 앞으로 걷기 시작했다. 일행을 실어 나르던 데몬들은 이곳에 도착하자 뒷걸음치기 시작하더니 무슨 협박에도 불구하고 도망쳐버린 상태였다.

할 수 없이 일행은 정처 없이 걷기 시작했다.

넓은 초원지대는 곧 사막으로 변할 듯 메말라갔다. 일행이 이변을 느낀 것은 사막의 초입이 막 시작되는 부분쯤이었다.

"안 따라오고 뭐하나?"

"이상하닥. 아무리해도 쫓아 갈 수가 없닥."

"좀 천천히 가면 안되겠나? 걸음이 너무 빨라서 따라갈 수가 없군."

혁준은 어처구니가 없었다. 그냥 걸어가는 중인데 이게 무슨 뚱딴지 같은 소린가.

"무슨 소리야 나 그냥 걷고 있는데? 내가 달리기라도 하나?"

"내 눈에도 그렇게 보이는군. 하지만 아까부터 점점 거리가 멀어지고 있네."

이야기를 나누는 순간에도 둘 사이의 거리는 벌어지고 있었다. 심지어 자마쉬가 달리고 혁준은 걷는 형국인데도 말이다.

둘 사이 거리가 외침이 아니면 소통이 어려운 거리가 되자 일행은 이곳이 심상치 않다는 것을 깨달았다.

"아무래도 공간이 비정상적인 모양이군. 혹은 너희는 초대받지 않았다는 의미거나."

"여기가지 왔는데 말인가. 물론 천벌을 내려주는 것보다야 낫긴 한데."

자마쉬는 의미 없이 하늘을 흘깃 바라보았다.

"여기서부턴 나 혼자 가는 게 좋을 것 같군. 그렇게 아쉬운 표정 짓지 마. 갔다가 벼락이도 맞으면 안 따라오길 잘했다고 할 걸."

완전한 사막지대에 들어섰다. 뜨거운 모래에서 피어오르는 아지랑이는 땅이 춤추는 것처럼 보이게 만들었다. 숙련된 여행자라도 길을 잃기 쉬워 보이는 곳이었다.

'여기가 정말 신림지라면 걱정 할 필요가 없겠지.'

혁준은 느긋하게 걸음을 옮겼다. 어차피 악신들이 자신을 보고 있다면 알아서 자신들에게 인도할 능력은 있을 것이다. 설마 이런 곳에서 길이나 잃게 만드려고 부르진 않았을 테니.

혁준의 예상대로 되는대로 걷던 혁준의 눈에 뭔가가 들어왔다.

그것은 거대하다는 말로 표현 못할, 터무니없이 큰 구조물이었다.

신전이라 해도 마치 수 천년의 세월에 닳아버린 유적지처럼 보였다.

신전의 입구에 세워진 기둥은 파르테논 신전을 연상시키는 모양새였지만 기둥은 단 4개였다. 하늘 끝까지 뻗은 듯 그 끝이 보이지 않는 기둥에는 각각 악시온, 타라쓰, 토글, 탈리카의 모습이 새겨져 있었다.

내부에 들어섰지만 그 안에는 그 흔한 제단도 하나 없었다. 넓이가 짐작도 가지 않는 신전의 내부는 지붕이 없었기 때문에 그대로 빛이 쏟아져 들어오고 있었다.

"아무것도 없잖아? 이래서야 밖이랑 다를 게 없는데."

혁준이 일부로 과장되게 혀를 찼다. 당당한 태도를 보이려고 애쓰고 있었지만, 혁준은 난생처음으로 위압감에 짓눌리고 있었다.

이 곳 신전의 크기 때문만은 아니다. 이 지역에 들어오고 나서부터 느껴지던 알 수 없는 압력이 이곳에서 정점에 이르고 있었다.

점점 크게 뛰는 심장소리에 스스로 화를 내며, 혁준은 오만한 태도를 유지하려 애썼다. 상대가 신이라면 그런 가장은 무의미 하다. 그 정도는 알고 있다. 그래도 수도 없이 추종자를 척살 해 온 자신이었다. 그 수장을 만나게 되었으니, 어차피 좋은 대우는 기대하기 힘들 것이다. 그렇다면 최소한 당당하고 싶었다.

[기다렸다.]

[너를.]

[우리가.]

[지금까지.]

혁준이 흠칫했다. 혁준은 들을 수 있었다. 정확히는 소리를 들은 것은 아니었다.

"무슨… 방금 말한 거요?"

그것은 신의 의지 그 자체의 발현이었다. 놀랍게도 그것은 부드럽고 자상하며 선의로 가득 차 있었다.

천둥 같은 목소리로 일갈하는 악신의 모습을 상상해 온 혁준은 뭔가 속은 기분마저 드는 다정함이었다.

하지만 동시에 신의 의지에는 범접 할 수 없는 신성함이 담겨 있었다. 혁준은 허공을 향해 말했다.

"당신은… 아니 당신들이 악신입니까?"

[당신들이 아니다.]

[우리는 원래 나였다.]

[우리를 이곳에 가두기 위해서였지.]

[나는 분할되었다.]

4개의 의지가 동시에 의지를 전달해온다. 하지만 목소리와 달리 겹친다고 알아듣기 힘든 것은 없었다. 그것은 의지였기 때문이다.

"아우터 갓이 당신을 어비스에 봉인했다고 들었습니다. 그런데 당신을 쪼갰다고요? 뭐 좋습니다. 저를 보자고 한 이유가 뭡니까?"

사실 짐작 못 할 일은 아니다. 악신이 원하는 것이야 단하나일테니까. 혁준은 미스트라를 생각했다. 아우터 갓의천사이자 그를 배신한 딸. 그녀가 악신들과 함께 세운 계획은 대충 짐작할 수 있다.

악신은 잔잔하게 웃었다. 나뭇잎이 봄바람에 흔들리는듯한 부드러운 웃음이었다. 소리는 들리지 않았지만 혁준은 그 의지에서 미소를 느낄 수 있었다.

'점점 악신의 이미지에서 벗어나는데?'

너무나 따듯한 느낌의 웃음에 자신도 모르게 감화되는기분이었다. 신의 의지가 이어졌다.

[너는 알고 있다. 내가 원하는 게 무엇인지.]

[나는 알고 있다. 네가 원하는 게 무엇인지.]

[나를 도와다오.]

[내가 너를 돕겠다.]

모호한 이야기였다. 구체적인 설명은 없었지만, 중요한 것은 자신의 승낙이라는 것을 느낄 수 있었다.

"내가 승낙하면 어떻게 되는 겁니까? 그것보단 왜 나에게 허락을 구하는 겁니까? 당신들이라면 그냥 날 강제할 수도 있을 것 같은데?"

인간과 데빌, 그리고 세상을 만들어낸 존재다. 어찌 한낱 피조물에게 부탁 따윌 한단 말인가? 그간 자신이 나름 강해졌다고 생각하고 있었지만, 악신들의 의지를 듣는 순간 자신이 얼마나 큰 착각을 하고 있는지 바로 알 수 있었다.

그 만큼 의지 넘어 에서 느껴지는 힘은 강대했다. 마치 세상 전체와 대적하는 기분이었으니까.

[너는 유일하게 우리로부터 자유로운 존재다.]

[어떤 신도 너에게 권한을 주장할 수 없다.]

[고로 너는 거부할 수 있다.]

[너는 무에서 태어났으니까.]

'무에서 태어났다고?'

조슈아의 몸을 만든 것은 사념체다. 사념체는 고대의 마도사들이 무에서 창조한 의식의 집합체….

'그렇군. 이 몸은 신이 만들어 낸 것이 아니다. 나는 신과 무관한 존재였군.'

혁준은 과거 아우터 갓의 천사들과 싸우는 순간을 떠올렸다. 신의 의지 앞에서 자신의 의지는 너무 무력했다. 손가락 하나 까딱하지 못한 채, 완전히 농락당하던 순간을 기억하니 절로 이빨이 빠득 갈렸다.

[모든 인간과 데빌은 신에게 대적할 수 없다. 손과 발이 머리에 대적할 수 없듯이.]

[지금 우리에게 희망은 너 밖에 없다.]

[우리를 구속하는 물건이 지상에 있다 그것을 파괴 해다오]

[분리된 우리는 다시 내가 될 것이고, 이곳에서 벗어나 복수 할 것이다.]

"복수하겠다는 말은 다시 아우터 갓과 대적하겠다는 겁니까?"

긍정의 의지가 전해져 왔다.

[나는 승리할 것이고, 다시 세상은 오롯이 나의 지배가 될 것이다. 너는 나의 대리인으로써 세상을 통치할 수도 있겠지.]

달콤한 제안이었다. 하지만 혁준은 고개를 가로 저었다.

"과거의 나는… 인간을 구하고 싶었습니다. 하지만 그것은 가짜로 주입된 기억에서 비롯된 의지였지."

혁준은 고통스런 표정을 지었다.

"하지만 그렇다 해도, 거기엔 내 진심이 담겨있습니다. 나는 인간이며 동시에 데빌의 남편이고, 또한 둘 다 아닌 이형의 존재입니다. 세상에 혼란과 갈등과 다툼이 없을 수 있다고는 믿지 않습니다. 하지만 적어도 그것이 우리 자신을 위한 것이어야 한다고 믿습니다."

익숙하지 않은 연설에 낭패감을 느끼면서 혁준은 말을 마쳤다.

"또 다른 신들의 전쟁으로 세상이 엉망이 되는 꼴을 보고 싶지 않습니다. 당신은 아우터 갓과 함께 이 세계를 영원히 떠나주십시오. 그게 내 조건이오."

✠

해가 지고 있었다. 혁준은 계획의 세부사항을 몇 가지 논의한 다음 신전을 빠져나왔다. 사막은 석양의 빛으로 물어 오렌지빛으로 빛났다. 걸음을 옮기던 혁준은 어느새 자신이 자마쉬와 뭉크 앞에 돌아와 있음을 깨달았다.

"언제 돌아왔나? 오는 걸 못 봤는데?"

"글쎄 나도 모르는 사이에 악신이 옮겨준 모양인데?"

걸은 기억은 있는데, 여기까지 온 기억이 없었다. 석양이 아직도 지고 있는 걸로 봐선 굉장한 속도로 도달한 모양이다.

"그래서… 어떻게 됐나? 대체 신은 어떤 모습을 하고 있었지? 악시온 님은 뭐라고 하셨나?"

자마쉬가 조급함을 감추지 못하고 질문을 퍼부었다. 혁준은 가만히 고개를 저었다.

"자마쉬. 지금까지의 조력에 감사한다. 이제 난 지상으로 떠난다. 네가 어떤 기대로 여기까지 나를 따라왔는지 알고 있다. 미안하지만 너에겐 해줄 말이 없군."

자마쉬는 실망감을 감추지 못했다.

"말할 수… 없는 건가? 그분들이 말하지 말라고 했나?"

"자마쉬. 네 존재 의의는 네 스스로 찾도록 해라. 이제 신은 더 이상 개입하지 않는 시대가 온다. 너흰 모두 진짜 자유를 찾게 될 거다."

그것은 혁준의 입에서 나온 말이었지만 자마쉬에겐 어쩐지 다르게 느껴졌다. 눈앞의 남자는 자신의 창조주와 말을 나누고 온 사람이다. 깊은 경외감 속에서 자마쉬는 물러섰다.

"뭉크. 너에게는 솔직하게 말하겠다. 지금부터 내가 하려는 일이 성공한다면. 네가 어떻게 될지 모르겠다. 너는 원래 신수고, 신수는 천사와 같이 아우터 갓의 수족이지. 확실한 것은 아무것도 없다. 어쩌면 사라질 수도 있고, 원래의 모습으로 돌아갈 수도 있겠지. 악신들도 어떤 보증도 할 수 없다고 하더군."

"뭉크는 죽지 않는닥. 걱정 마락. 뭉크는 알 수 있닥. 우리는 다시 배불리 통조림을 먹게 될거닥."

심각한 이야기에도 평소와 다를게 없는 뭉크의 반응에 혁준은 피식 웃었다.

"대책 없이 긍정적인 부분이 맘에 드는군."

혁준은 뭉크의 머리를 잠자코 쓰다듬어 주었다. 무거운 분위기 속에서 자마쉬가 물었다.

"이제부터 뭘 하는 건가? 내 느낌으로는 큰 싸움이 있을 것 같군."

혁준은 폐허 같은 얼굴로 자마쉬를 바라보았다. 늘 오만하고 자신감 넘치던 혁준의 모습만 봐 온 자마쉬는 그제서야 이변을 알아차렸다. 악신을 만나고 온 직후부터 혁준의 분위기가 이상했다.

자마쉬는 혁준이 대답하지 않을 것이라 생각했지만, 혁준은 건조한 목소리로 입을 열었다.

"간단하게 말해서 나는 한 명의 데빌로써 인간과 싸우게 될 거다. 거기서 내 과거의 몸과, 내 전생의 아내와, 내가

보호하려던 사람들을 쳐 죽여야 한다. 그게 지금부터 내가
할 일이다."

Part. 7! 결착

서울이 내려다보이는 도심근교의 산 중턱. 혁준은 서울을 내려다보고 있었다. 많은 건물들이 무너져 내렸고, 유리창 하나 성한 건물은 찾기 어려운 폐허 같은 도시였지만, 그래도 옛 모습에 반가움은 여전했다.

일행과 작별한 혁준은 곧바로 지상으로 전송됐다. 마지막으로 루카의 얼굴을 볼까도 했지만, 마음이 약해질까 거부했다.

혁준은 숨을 깊이 들이마셨다. 어비스와 다른 맑은 공기가 폐부 깊숙이 상쾌함을 가져다주었다.

지금부터 벌여야 할 학살극에도 불구하고, 맑고 차가운

공기가 마음을 안정시켜준다.

"결국은 대의를 위해서인가."

회귀 전에도 그 후에도, 혁준은 살인을 거리긴 적이 없다. 인류를 구한다는 명확한 목표 앞에서 소수의 희생은 무의미한 것이니까. 따라서 필요하다면 살인은 언제든 정당화 될 수 있는 것이었다.

지금도 마찬가지다. 지금부터 죽어갈 무고한 인물들은 또한 더 많은 사람을 구하기 위해서라면 희생시킬 수밖에 없다.

그렇게 합리화하면서도 혁준은 자신이 데빌의 모습을 하고 있다는데서 위안을 느끼고 있었다. 사람들은 이 일을 미친 데빌의 난동으로 기억할 것이다. 그것은 위안과 동시에 자기 환멸감을 불러 일으켰다.

"후우. 잡생각 할 때가 아니지."

혁준은 머리를 휘저으며 스탯창을 열었다. 악신은 떠나기 전에 혁준의 남은 스킬을 모두 열어주었다.

하지만 자신들이 피조물이 아니므로, 신성을 퍼부어 능력을 줄 수는 없었다.

하지만 안에 잠재된 스킬을 열어주는 것은 가능했다.

어비스에서 쌓은 경험치는 막대했다. 힘, 민첩, 감각, 체력… 대부분의 스탯은 100을 훌쩍 넘어 있었다. 몸에 흘러

넘치는 힘은 능히 산을 부수고 바다를 가를 수 있을 것 같다. 하지만 아직 과거의 자신과 싸워서 확실한 승리를 장담하긴 어려웠다.

과거의 자신의 힘. 어떤 인간도 절대 자력으로 도달 할 수 없는 경지. sss급이란 그런 비상식적인 강함을 가지고 있었다. 어쨌거나 아우터 갓이 선택한 최후의 보루였던 몸이니. 그건 특전이다.

'그리고 그 때문에 아라가 선택된 것이겠지.'

[우리의 정신이 합쳐 질 수 없는 것은 우리가 가진 신성의 핵이 봉인되어 있기 때문이다. 지금 그것을 지키고 있는 것은 초즌이지. 필연적인 운명에 의해 초즌은 그 핵을 지킬 수 밖에 없다. 그리고 그 핵은….]

악신의 말을 생각하던 혁준의 얼굴이 일그러졌다.

"아라의 심장이라니. 대단한 악취미군."

비록 만들어진 기억이라도 누군가와 함께 해왔던 기억은 강렬하다. 그도 처음 아라를 다시 만났을 때 엄청나게 흔들렸으니.

지금 혁준의 몸을 장악하고 있을 복제된 영혼에겐 더욱 그럴 것이다. 매달릴 것은 오직 회귀 전의 가짜 기억뿐 일 테니.

한숨을 쉬고 싶은 것을 억누르며 혁준은 빠르게 산을

내려가기 시작했다. 목적지는 주작클랜의 본거지였다.

✛

진아라는 눈을 떴다. 아직 어둠이 가시지 않은 밤이었다. 건물 외벽창으로 들어오는 달빛이 침대를 비추고 있었다. 반지르르하게 흐르는 고급실크의 반사광 넘어 혁준의 벗은 상체가 보였다. 고르게 숨을 쉬고 있는 것을 확인한 진아라는 조용히 일어나 창가에 기대섰다. 빌딩 바깥에 배치된 주작클랜의 경호원들이 여기저기 불을 피우고 있었다. 등급이 높은 클랜원 하나는 그 작은 기척을 눈치채고 창가를 유심히 바라보다 이내 고개를 돌렸다.

'나 같은 걸 지킨다고 이렇게까지 할 필요가 있는 걸까? 대체 왜 그런 계시가…'

신의 계시. 이틀 전 모든 인간은 똑같은 꿈을 꾸었다. 설명할 수 없이 거룩하고 신성한 목소리가 말했다. 이틀 후 한 데빌이 나타나 자신을 죽이려 들거라고. 모든 인간은 그걸 막지 못하면 멸망을 피하지 못하리라는 예언이었다.

어떤 이는 개꿈으로 치부했고, 어떤 이는 진지하게 받아들였다. 누군가는 적의 농간이라고 생각했다.

이미 연인사이였던 혁준은 그 계시를 받자마자, 아라를 이끌고 이곳 주작클랜으로 왔다. 클랜장이던 주아는 진아라를 환대하며 클랜의 이름으로 지켜주겠다는 약속을 했다. 주작클랜 뿐 아니라, 가디언클랜에서도 걱정이 된 친구들이 많이 지원을 나온 상태였다.

그리고 오늘이 바로 꿈에서 이야기한 그 날이었다.

"걱정되나 보군."

어느 새 혁준이 옆에 서 있었다. 기척도 느끼지 못했는데. 평소라면 일부러 인기척을 내며 다가왔을 것이다. 그런 배려를 생각하지 못했다는 건 아마도 약간은 긴장하고 있기 때문이리라.

"괜찮아. 이런 희한한 세상인데 그런 꿈 하나에 휘둘리다간 끝이 없잖아?"

진아라는 부리나케 이곳으로 자길 데려온 게 혁준이라는 점을 지적하진 않았다. 대신 조용하게 미소 지었다.

"걱정 안 해요. 사람들에게 미안해서 그러죠. 어차피 제 몸 하나는 알아서 지킬 수 있…."

진아라는 말을 끝마치지 못했다. 어스름하게 밝아오는 동쪽으로부터 뭔가가 다가오고 있었다. 제법 먼 거리 였지만 빌딩의 높은 층이라는 위치적 이점 때문에 먼저 눈에 들어온 것이다.

자세히 들여다본 고아라는 그게 거대한 낫을 든 사람처럼 보인다고 생각했다.

✤

거대한 데스 사이드. 데빌. 피부에서 스며나오는 검은 기운. 뭘로 봐도 혁준의 모습은 그냥 인류의 적 데빌이다. 애초에 믿어주기도 힘든 이야기지만 설득이 통할 리가 없었다.

무익한 설득 대신 혁준은 그냥 실력행사에 곧바로 들어가기로 했다.

주작클랜은 이제 명실상부한 동아시아 최대의 클랜이자 과거의 한국을 대체하는 국가기관이다.

서울 도심에 돌아다니는 능력자라면 거의 주작클랜원이라 보면 되었다.

그래서 도심으로 진입한 혁준은 첫 번째 주작클랜원을 보자마자 다짜고짜 멱살을 잡아들었다. 나름 B급 능력자였던 대머리 클랜원은 뭔가 반응해보기도 허공에 떠서 버둥거리게 되었다.

"불필요한 개소리를 하면 팔 다리를 하나씩 자르겠다."

"크억… 이거 나라. 넌 뭔… 데… 데빌?"

그제서야 혁준의 모습을 제대로 보게 된 클랜원의 눈이 커졌다. 아메리카 대륙에는 득실대는 데빌이지만 이곳에서 데빌이라니?

혁준은 인자한 표정으로 고개를 끄덕였다.

"그래 처음엔 그렇게 시작할 줄 알았지. 이해해. 네가 딱히 더 멍청한 게 아니야. 그러니 너무 자길 탓하진 말라고."

말이 끝나자마자 그대로 대머리의 왼 팔을 움켜쥐었다. 으드득. 뼈 부숴지는 소리와 함께 팔이 통째로 뜯겨 나왔다. 애끓는 비명소리가 밤하늘을 타고 울려퍼졌다.

"아직 팔다리가 세 개는 남았으니까 개소리 할 여유도 세 번이다. 자 이제 질문을 하지. 주작클랜의 강혁준은 어디에 있나?"

육체를 잃기 전 자신은 주작클랜장의 경호원 신분이었다. 그리고 진아라는 분명 복제 강혁준과 함께 있을 것이다. 이 두가지 단서를 기반으로 혁준은 간단하게 주작클랜을 목표로 삼았다. 거기 없다해도 어떤 식으로든 거기서 행방을 찾을 수 있을 것이다.

"네… 네 놈이 계시의 악마구나! 죽어도 네 놈에겐 협력할 수 없다. 그 분을 네 놈 손에 넘길 것 같으냐."

"계시? 무슨 소리지? 자세히 말해 봐. 아 팔은 안 자를 테니 걱정하지 말고."

"닥치고 뒈져!"

놀랍게도 대머리는 한 팔이 잘린 상황에서도 거칠게 반항을 시도했다. 허공에서 손톱이 튀어나오더니 강혁준을 덮쳐왔다. 혁준은 귀찮다는 듯이 한 팔을 휘둘러 스킬을 분쇄해버린 후 대머리를 차갑게 노려보았다.

"고문은 내 취향이 아닌데. 그렇다고 내가 못한다는 건 아니야."

"으… 아…"

대략 십 분 후 혁준은 원하는 정보를 모두 얻어냈다.

'신의 계시라고? 쪼잔한 잔머리군.'

인간에게 직접적으로 관여 할 수 없는 규칙 때문에 편법을 쓴 것이 틀림없다. 나름 방해 세력을 모아보겠다는 생각이었지만 이 경우엔 오히려 도움이 된다.

'찾아다닐 필요도 없군.'

혁준은 대머리가 알려준 방향으로 터벅터벅 걸음을 옮겼다.

✠

주작 클랜의 본부는 도시 외곽에 위치하고 있었다. 넓은 평지를 끼고 어울리지 않는 고층빌딩 하나를 본부로 삼은 것이다. 넓은 평지 여기저기에 화톳불이 밝혀져 있었고, 수천의 각성자들이 빌딩 주위에 포진해 있었다.

"적이다! 비상을 걸어!"

"데빌이다! 각성자들은 전부 지정된 거점을 방어하도록! B급 이상은 나를 따라와. 원거리 지원이 가능한 자들은 각자 위치로 이동!"

만반의 경계태세 덕분에 혁준은 건물에 접근하기도 전에 발각 당했다. 어차피 정면돌파 할 생각이었던 혁준은 구태여 숨기려하지도 않고 정면으로 뚜벅뚜벅 걸어갔다.

"쓸데 없는 사상자가 늘겠군."

어차피 진아라만이 목표다. 복제 강혁준이야 어쩔 수 없이 상대해야겠지만, 이들까지 죽일 필요는 없었다.

하지만 그 계시 덕분에 무고한 피가 늘어나게 생겼다. 게다가 이들도 나름 동아시아 최강의 각성자 집단이다. 적당히 죽이지 않는 선에서 '끝내려 들면, 체력낭비만 심해질 뿐.

혁준은 데스사이드를 휘둘렀다. 사슬을 이용해서 공격 반경을 최대로 늘인다. 공간이 갈라지고 거기 있던 각성자들의 몸통도 갈라진다.

나름 전투 경험이 풍부한 B급이상의 각성자들이었지만,

혁준의 공격에 대해선 완전히 오판을 했다. 방어스킬이 유리처럼 박살나며 살과 뼈가 순식간에 잘려나갔다.

분리된 몸통이 동시에 바닥을 뒹굴었다. 선두에 달려들던 5명의 각성자가 단 일격에 두 토막이 나자, 그제서야 나머지가 거리를 벌렸다.

"방심하지 마라. 머저리들아. 계시의 괴물이다. S급 이상의 적이라 상정해!"

"빌어먹을 괴물 새끼가!"

혁준은 묵묵히 데스사이드를 휘둘렀다. 흉험한 파공성이 울릴 때마다, 능력자들의 숨이 끊어지거나 육체 일부가 떨어져나갔다.

그 중에는 가디언 클랜 소속의 아는 얼굴도 보였다.

'그 때 약자를 도와야 한다고 우기던 녀석이군.'

스트롱홀드 놈들을 처리하기 전에 있었던 회의가 아득하게 옛날처럼 느껴졌다. 이 쓰레기 같은 세상에서 나름 선을 추구하던 바보들. 혁준은 별 기대없이 입을 열었다.

"김백두… 맞나? 넌 별로 죽이고 싶지 않다. 물러서라. 어차피 난 진아라에게만 볼 일이 있다."

데빌의 입에서 유창한 한국어가 나오자 모두 놀란 얼굴이 되었다. 특히 김백두의 얼굴은 경악에 가득 차 있다.

"나를 어떻게 알지? 난 너 같은 데빌을 본 적도 없어!"

"내가 했던 말 기억하나? 힘없는 정의는 무력한 거라고. 내가 정의라는 말은 하지 않겠다. 하지만 지금은 물러설 때다."

"무슨 개수작이야! 그 말은 저 안에 강혁준이 했던 말이다."

혁준은 한숨을 쉬고 싶었다. 어차피 설득이나 설명 어느 것도 무의미하다. 알고는 있었지만 시도는 해봐야 했다. 자신을 위해서.

'이걸로 할 수 있는 건 다 했다.'

결심을 굳힌 혁준은 어둠살이 갑주에 마력을 펌핑하기 시작했다. 주변의 각성자들의 숫자는 점점 늘어나고 있었다. 근처를 순찰하고 있던 놈들까지 모두 모여든 것 같았다.

'많이 컸구만. 주작클랜도.'

혁준의 몸을 감싸던 갑주가 한계 없이 부풀기 시작했다.

혁준은 점점 작아지는 각성자들의 모습을 볼 수 있었다. 눈높이가 올라감에 따라 그는 어느새 클랜원들을 내려다보고 있었다.

"괴물! 역시 그냥 괴물이었어!"

"데몬이다! 공격해! 씨발 저건 대체 무슨…."

혁준은 신성을 받을 수 없었지만, 어둠살이 갑주는 원래 데몬을 마도과학으로 변형시킨 존재였다. 악신들은 자신의 신성을 아낌없이 갑주에 퍼부어 주었다.

그 결과 어둠살이 갑주는 갑주의 형태를 잃고 오히려 원래의 모습에 가까워졌다. 여전히 혁준의 지배를 받았고, 의지로 조종할 수 있었지만 더 이상 갑주라고 칭할 수도 없는 다른 것이 되어버렸다.

검은 마수 그 자체가 된 혁준은 각성자의 인파속으로 뛰어 들었다.

거대한 야수의 모습이 된 혁준이 확실한 죽음을 보장하는 발톱을 휘둘렀다.

그 크기 차이는 개미떼를 쓸어먹는 두꺼비와 비율이 비슷했다.

사이드를 휘두를 때와는 비교할 수 없는 숫자로 시체가 늘어갔다. 팔이 휘둘러질 때마다 대여섯의 각성자가 갈려 나간다. 핏와 살점이 어지러이 공중을 수놓았다.

"으아아아아! 다리! 다리를 공격해!"

"쏘라고! 계속 쏴! 뭐하는거야 뒤쪽! 그 쪽 물러서지 마! 저지선을 형성해!"

명백한 전력차이에도 주작클랜은 결사적으로 항전하고 있었다.

마력이 역류해서 코피를 쏟으면서도 스킬을 퍼붓는다. 번개와 얼음과 불꽃이 허공에서 비산하며 거대한 불꽃놀이를 연출했다.

지상에서 수백가닥의 에테르 채찍이 소환되었다. 초록빛 반투명한 촉수가 주위를 더듬는다. 여우가 들어간 닭장마냥 클랜원들이 사방 팔방으로 날았지만 촉수의 숫자가 엄청났다. 촉수는 각성자를 잡아 그대로 찢어버리기도 하고 바닥에 내동댕이쳐 피가 터져나오게 만들기도 했다.

'이건 또 뭐야. 이런 빌어먹을 괴물 새끼가!'

클랜원을 지휘하고 있던 공격대장의 눈에 절망감이 어리기 시작했다. 강하다. 지나치게 강하다. 단 하나의 데빌이 어떻게 이렇게 강할 수가 있지? 공격대장의 머릿속에 전멸이란 단어가 떠올랐다.

콰아아아앙─

순간 엄청난 크기의 빛기둥이 하늘을 불살랐다. 창백한 섬광은 어스름한 새벽을 찢어발기며 혁준에게 날아들었다.

그것은 거대한 야수의 형상을 하고 있던 어둠살이 갑주를 뜯어내며 스쳐지나갔다. 후폭풍처럼 뜨거운 열기가 대지를 불사르며 내달린다. 혁준의 몸체가 절반쯤 형태를 잃고 사방으로 연기를 뿜어냈다.

마치 치명적인 상처를 입은 맹수가 피를 쏟아내는 것처럼 보였다.

"모두 물러서라."

복제된 강혁준이었다. 공격대장이 그를 보고 반색하며 외쳤다.

"혁준님!"

복제된 강혁준은 고개를 살짝 끄덕여주었다. 그리고 손짓으로 남은 전투요원을 물러서게 했다. 옆으로 붙은 공격대장이 낮은 목소리로 물었다.

"도와주셔서 감사합니다. 하지만 아라님을 지키셔야 하는 것 아닙니까? 적은 저 놈 혼자가 아닐 수도 있습니다."

"아니 저 놈 혼자야. 아라는 뒤에 있다. 여긴 내가 맡을 테니 남은 애들을 다 끌고 아라를 피신시키도록 해."

공격대장은 침중한 표정으로 고개를 끄덕였다. 남은 병력을 추스린 그는 빠르게 뒤로 물러났다.

혁준은 어느 새 갑주를 해제하고 지상으로 내려와 있었다. 그렇게 복제된 강혁준과 혁준은 서로를 마주 보았다.

먼저 입을 연 것은 혁준이었다.

"남의 몸을 잘도 쓰고 있군. 무단 점거한 몸을 쓰니 어떤가?"

"무슨 소린지 모르겠군. 남의 몸이라니?"

"너 회귀 이후의 기억이 없지?"

복제된 강혁준의 얼굴이 딱딱하게 굳었다. 대체 그걸 어떻게 안 거지?

"넌 대체 뭐냐? 나에 대해 뭔가 알고 있나?"

"글쎄 어차피 말해도 안 믿을 걸."

복제된 강혁준은 인상을 찌푸렸다. 무엇인지 확실하지 않지만, 자신에게 뭔가 문제가 있다는 것은 알고 있었다. 회귀 직후부터의 기억은 없는데, 사람들은 자신을 알고 있었다. 시간이 지나면서 자기가 해왔다는 일들을 전해 들었지만, 전혀 기억은 나지 않는다.

그리고 눈앞에 나타난 이 데빌. 뭔가 알고 있다는 투인데. 그것이 뭔지 도저히 모르겠다.

"말할 생각이 없다면, 팔 다리를 잘라놓고 물어볼 수밖에."

"하. 정말 생각하는 것도 나랑 비슷하군."

복제된 강혁준은 검을 뽑아듦과 동시에 섬광처럼 달려들었다. 혁준은 사이드를 휘둘러 검을 막아냈다.

카가가가강.

순식간에 두 무기의 칼날이 검막을 형성할 정도로 부딪혔다. 허공에 튀어오르는 수백 개의 불꽃으로 상대가 안 보일 지경이었다.

"아드레날린 러시!"

동시에 스킬이 발동되었다. 원래 강혁준의 성명절기라 할 수 있는 아드레날린 러시다. 복제 강혁준의 신형이 번갯불이 되어 튀었다. 하지만 동시에 상대도 비슷한 스킬을 시전했다.

"시간 정지!"

'이걸로 상대할 수 있으면 좋겠는데….'

악신이 풀어준 6번째 스킬이다. 아드레날린 러시가 민첩과 인지력을 폭발적으로 강화시키는 스킬이라면, 시간정지는 주관시간을 빠르게 만들어 주위를 상대적으로 느리게 만든다.

콰앙!

엄청난 속도를 담은 두 무기가 부딪히자 포탄이 터지는 듯한 소리가 났다. 충격으로 물러나면서 복제 강혁준은 놀란 표정을 지었다.

"허? 이걸 막아?"

자신의 기억에 아드레날린 러시 상태의 자신의 검격을

이렇게 수월하게 막아내는 자는 처음이었다. 턱을 긴장시키며 혁준은 가지고 있는 스킬을 쏟아내기 시작했다.

"아크라의 촉수!"

"결박하는 에테르의 채찍!"

스킬과 스킬이 부딪히고 검과 데스사이드가 미친 듯이 검무를 추었다. 스킬 자체는 혁준의 압세였다. 하지만 sss급에 달한 복제 강혁준의 육체는 모든 스킬을 힘으로 찢어 발겼다.

수십가닥의 에테르채찍이 복제 강혁준을 감싸쥐었지만 복제 강혁준은 팽이처럼 회전하며 순식간에 모든 채찍을 잘라냈다.

'역시 강하군.'

자기 몸이지만 징그럽게 강하다. 빙룡의 숨결로 사방을 얼리고 에테르 촉수로 발을 묶는다. 틈틈이 갑주를 소환해 사각을 노려보는데도, 반사신경과 완력만으로 모든 공격을 무효화하고 있었다. 공세를 펼치는 동안에는 그래도 상대할 만하지만 마나를 퍼부으며 공격하는 혁준은 그 끝에 자신이 먼저 쓰러지리라 확신했다.

"어차피 네놈을 베고 나면 뒤는 필요없다."

이를 으득 깨문 혁준은 마지막 스킬을 발동했다.

마지막 스킬 〈제물〉이 발동되었다.

〈가지고 있는 모든 스탯을 영구히 불태워 일시적으로 능력을 향상시킵니다. 실행할까요?〉

"해!"

스탯치가 폭주하기 시작했다. 혁준의 온몸이 시뻘겋게 불타올랐다. 어둠살이 갑주가 육체의 압력을 못 견디고 부서져나갔다. 끝도 없이 오르는 인지력 때문에 혁준은 시간의 흐름까지도 느낄 수 있었다.

복제된 강혁준이 숨을 삼켰다. 당황 속에서 최선을 다해 검을 들어올린다. 하지만 혁준에게는 이미 보이고 있었다. 상대의 동작, 호흡, 근육의 미세한 떨림까지.

데스사이드가 검격을 파고 들었다. 자신을 죽이는 기분을 느끼면서 혁준은 복제된 강혁준의 목을 베었다.

✤

진아라를 호위하던 주작클랜의 잔존세력은 도시를 빠져나가기 위해 애쓰고 있었다.

그들은 본부로 부터 멀어지기 위해, 최대의 속도로 달려갔다. 수 십 킬로미터 밖이지만 이미 혁준에겐 도망칠 수 없는 거리였다. 혁준은 순식간에 따라잡아 퇴로를 막아섰다.

붉게 타오르는 몸. 아까와는 비교도 안 되게 흉험한 기세였다.

확실한 패배를 직감하면서도 이를 빠드득 간 공격대장은 얼마 남지 않은 각성자들에게 전투태세를 준비시켰다.

하지만 혁준은 공격을 시도하기 전에 한 팔을 들어 올려 그들을 막았다.

"기다려. 나는 불필요한 전투를 원하지 않아. 그러니 선택권을 주지. 여기서 싸워서 전멸하거나 그 여자만 내려놓고 물러나거나. 물러나면 안전을 보장한다."

"닥쳐라! 닥쳐! 데빌 따위와 협상은…"

수없이 부하를 잃은 공격대장은 분노에 차서 소리 질렀다.

그 순간 진아라가 앞으로 나섰다. 그녀는 손으로 클랜원의 어깨를 잡아 끌었다. 공격대장이 고개를 돌렸다.

"가세요."

"무슨 소립니까? 그럴 수는 없어요. 이길 수는… 없어도 죽어도 같이 죽읍시다."

"지금 잃은 각성자의 숫자만 해도 이미 남은 사람들을 지키기에도 힘듭니다.

"하지만 계시가…"

"계시 같은 건 나중에 생각해요. 여기서 모두 함께 개

죽음 당하는 건 어떤 의미도 없습니다. 대의를 생각하세요."

진아라는 차분한 태도로 공격대장을 설득했다. 눈앞의 데빌이 원하는 것은 분명 자신의 목숨인데도 조금도 흔들림이 없었다.

결국 공격대장은 고개를 푹 숙였다. 사과의 말을 웅얼거리듯 입을 놀렸지만 결국 말은 나오지 않았다. 대신 손을 들어 명령을 내렸다.

"퇴각한다."

클랜원들은 분루를 삼키며 물러서기 시작했다.

그들이 충분히 물러갈 때까지 기다려주던 혁준이 입을 열었다.

"넌 항상 사람들을 위해 희생하는 삶을 살려고 했었지. 스트롱홀드 때도 그랬어. 너 하나 희생해서 사람을 구하자는 바보짓을 하려 했지."

"무슨 소리야? 지금 대체 무슨…."

"난 너를 안다. 믿든 안 믿든."

"네가 나를 죽일 수 있을지는 몰라도. 그런 소리로 내 마음까지 가지고 놀 수는 없어!"

혁준은 물끄러미 진아라를 바라보았다. 진아라는 당당한 표정을 지으려 애쓰며 혁준을 마주보았다.

"그래 그게 중요한 것은 아니지. 질문을 하나 하지. 너 하나가 죽어서 이 세상을 원래대로 바꿀 수 있다면… 넌 목숨을 내놓을 수 있겠나?"

"무슨 말을 하는 거지? 죽일 테면 그냥 죽여. 날 가지고 놀려 하지 말고."

"진지하게 하는 질문이다. 이 엿 같은 세상을 원래의 세상으로 돌리기 위해, 네가 죽어야 한다면 받아들일 수 있냐는 질문이지. 진지하게 대답해 주겠나?"

진아라의 머릿속이 복잡해졌다. 왜 이런 걸 물어보는거지? 그냥 죽이면 되는 게 아닌가? 하지만 혁준의 진지한 눈빛을 본 진아라는 스스로에게 자문해 보았다.

너무나 많은 사람의 목숨이 스러졌다. 욕망을 위해, 가족을 위해, 단순히 살아남기 위해. 어쩌면 평범하게 살아갔을 수많은 사람들이 이 판데모니엄이란 지옥에서 악귀가 되었다. 세상이 나를 이렇게 만들었어! 라는 외침은 보통 정신적으로 덜 성숙한 어른들의 변명이다. 하지만 이런 비정상적인 세상에서도 그런 말을 할 수 있을까.

"세상의 토대가 되기 위해 희생 하는 거라면. 나는 죽을 수 있어."

혁준은 고개를 끄덕였다.

"그래 그럴 줄 알았어. 아라."

푸욱.

날카로운 낫의 끝 부분이 등을 뚫고 나왔다.

진아라의 눈이 커졌다. 눈물이 주룩 흘러나온다. 창백해진 머리가 힘을 잃고 바닥으로 떨어졌다.

심장을 관통한 상처에서 피는 흘러나오지 않았다. 대신 거기선 푸른 오라가 뿜어져 나왔다.

낫이 뽑혀져 나왔다. 상처를 막고 있던 이물질이 사라지자 오라는 이제 폭포수처럼 뿜어져 나오기 시작했다. 진아라가 상체가 기울었다. 앞과 뒤에서 끝없이 뿜어져 나오는 오라는 이제 오라의 기둥이 되어 하늘과 땅을 연결하고 있었다.

그리고 그 기둥을 중심으로 보이지 않는 거대한 파동이 퍼져나갔다. 충격파가 세상을 순식간에 휩쓸었다. 지구로부터 어비스에 이르기까지 땅 위와 땅 속의 모든 생물이 이변을 느꼈다.

그리고 모든 이의 귀에 거대한 의지의 울림이 들려왔다.

[…약속은 지켜졌다.]

세계를 장악하고 있던 힘이 썰물처럼 빠져나가는 것이 느껴졌다. 살아남은 모든 사람들은 알 수 있었다. 데몬과 데빌은 모두 어비스로 소환 되었다. 문명의 힘이 돌아오고 각성자들은 힘을 잃었다. 세계는 여전히 파괴 된 상태였지만, 세상은 본래의 환경을 되찾고 있었다. 혁준은 쓰러진 진아라를 내려다보았다.

"너도 이걸로 된 건가?"

대답은 없었다. 혁준은 사이드를 힘 있게 들어올렸다. 어느덧 새벽은 완연히 아침으로 바뀌어 있었다. 따스한 태양 빛이 파괴된 도시를 비추어 내렸다.

〈完〉